大家小书

诗词格律概要

王力 著

北京出版集团公司
北 京 出 版 社

图书在版编目（CIP）数据

诗词格律概要 / 王力著 . — 北京 : 北京出版社，2016. 7
（大家小书）
ISBN 978-7-200-11984-8

Ⅰ. ①诗… Ⅱ. ①王… Ⅲ. ①诗词格律—基本知识—中国 Ⅳ. ①I207. 21

中国版本图书馆CIP数据核字（2016）第065341号

总策划：安 东 高立志 责任编辑：韩敬群 陶宇辰

· 大家小书 ·

诗词格律概要

SHICI GELÜ GAIYAO

王力 著

*

北京出版集团公司 出版
北京出版社 出版

（北京北三环中路6号 邮政编码：100120）

网 址：www.bph.com.cn

北京出版集团公司总发行

新华书店经销

北京华联印刷有限公司印刷

*

880毫米×1230毫米 32开本 7.875印张 168千字

2016年7月第1版 2024年2月第6次印刷

ISBN 978-7-200-11984-8

定价：28.00元

质量监督电话：010-58572393

序　　言

袁行霈

“大家小书”，是一个很俏皮的名称。此所谓“大家”，包括两方面的含义：一、书的作者是大家；二、书是写给大家看的，是大家的读物。所谓“小书”者，只是就其篇幅而言，篇幅显得小一些罢了。若论学术性则不但不轻，有些倒是相当重。其实，篇幅大小也是相对的，一部书十万字，在今天的印刷条件下，似乎算小书，若在老子、孔子的时代，又何尝就小呢？

编辑这套丛书，有一个用意就是节省读者的时间，让读者在较短的时间内获得较多的知识。在信息爆炸的时代，人们要学的东西太多了。补习，遂成为经常的需要。如果不善于补习，东抓一把，西抓一把，今天补这，明天补那，效果未必很好。如果把读书当成吃补药，还会失去读书时应有的那份从容和快乐。这套丛书每本的篇幅都小，读者即使细细地阅读慢慢地体味，也花不了多少时间，可以充分享受读书的乐趣。如果把它们当成补药来吃也行，剂量小，吃起来方便，消化起来也容易。

我们还有一个用意，就是想做一点文化积累的工作。把那些经过时间考验的、读者认同的著作，搜集到一起印刷出版，使之不至于泯没。有些书曾经畅销一时，但现在已经不容易得到；有些书当时或许没有引起很多人注意，但时间证明它们价值不菲。这两类书都需要挖掘出来，让它们重现光芒。科技类的图书偏重实用，一过时就不会有太多读者了，除了研究科技史的人还要用到之外。人文科学则不然，有许多书是常读常新的。然而，这套丛书也不都是旧书的重版，我们也想请一些著名的学者新写一些学术性和普及性兼备的小书，以满足读者日益增长的需求。

“大家小书”的开本不大，读者可以揣进衣兜里，随时随地掏出来读上几页。在路边等人的时候，在排队买戏票的时候，在车上、在公园里，都可以读。这样的读者多了，会为社会增添一些文化的色彩和学习的气氛，岂不是一件好事吗？

“大家小书”出版在即，出版社同志命我撰序说明原委。既然这套丛书标示书之小，序言当然也应以短小为宜。该说的都说了，就此搁笔吧。

再版前言

蒋绍愚

王力先生是一代宗师，他的学问博大精深，在中国语言学的许多领域都有卓越的建树。诗词格律是他涉及的领域之一，他的《汉语诗律学》、《诗词格律》、《诗词格律十讲》、《诗词格律概要》等都有十分深远的影响。

这几部讲诗词格律的书各有特色。《汉语诗律学》对汉语的各种诗体（包括近体诗、古体诗、词、曲、白话诗和欧化诗）的格律作了全面深入的研究。这部著作的主体是古代诗词的格律。在这方面，除了总结前人的研究成果之外，还有许多作者的创见，如对“一三五不论，二四六分明”这个流传很广的口诀的纠正，对唐诗中犯“孤平”的诗句的统计等。尤其对近体诗句式和语法的分析，是前人没有做过的，这个领域的研究，是王力先生开创的。《汉语诗律学》是一部“体大而虑周”的学术专著，就其深度和广度而言，到目前为止，在关于诗词格律的著作中，还没有一部能超过它。

要对汉语的诗律学作深入研究，当然必须认真读《汉语诗律学》这部专著。如果是为了鉴赏古典诗词，或者为了诗词的写作，希望了解一些诗词格律的基本知识，那么，就可以阅读王力先生的另外三本书：《诗词格律》、《诗词格律十讲》和《诗词格律概要》。这三本书都是大学者为普及而写的小册子，是王力先生在他对诗词格律研究基础上提炼而成的精品。大家都知道，“龙虫并雕”是王力先生一贯的主张。“雕龙”和“雕虫”对象不同，目的不同，但作者的严肃性和作品的科学性则并无不同。这一点，在这三本普及性读物上同样地体现出来。阅读这三种读物中的任何一种，都能得到诗词格律的最准确、最基本的知识。

在这三本书中，《诗词格律》比较详细，在讲平仄对仗之外还讲了诗词的节奏和语法特点。《诗词格律十讲》最为简单，《诗词格律概要》则是《诗词格律十讲》的扩充，这两本书都没有讲诗词的节奏和语法特点，但诗词格律最基本的内容都已讲到了。

《诗词格律概要》虽然比《诗词格律》简单，而且基本内容也相同，但还是有它的特色。有些地方比《诗词格律》还要详细，例如，在讲平仄的时候，举出了常用的古代入声字，以便于没有入声的方言区的读者掌握平仄。有的地方和《诗词格律》有所不同，例如，把拗救分为两种情况：大拗必救，小拗可救可不救，这也是为了使读者能更好地掌握诗律。还有一点不同的，《诗词格律》用了不少毛泽东的诗词来分析诗词格律，而《诗词格律概要》用作分析的依据全部是古典诗词。毛泽东的诗词有很高的艺术性，也合乎格律，而且读者比较熟悉，用来举例是可以的，也有利于诗词格律的普及。但从根本上说，诗词格律是从古代一些大家的诗词创作中概括出来的，用古代作家的诗词来讲诗词格律，应该说更为合适。

《诗词格律概要》是北京出版社于1979年10月出版的。现在，应广大读者的要求，又再版发行。第一版中引用的诗词有些文字上的错误，这次再版，韩敬群同志根据这些诗词的主要版本一一加以校对，凡是没有版本依据的，均予以改正，这样，就使得这本书更加完美。想要学习诗词格律的读者，一定能从中获益。

2001年10月

目 录

卷上 诗

卷上　诗

第一章　诗的种类和字数

唐代以后，诗分为两大类：（一）古体诗；（二）今体诗。古体诗是继承汉魏六朝的诗体；今体诗是唐代新兴的诗体。今体诗在字数、韵脚、声调、对仗各方面都有许多讲究，与古体诗截然不同。我们讲格律，主要是讲今体诗的格律。

古体诗分为两类：（一）五言古诗，简称五古；（二）七言古诗，简称七古。

五言古诗每句五个字，全诗字数不拘多少。例如：

渭川田家　　王　维

斜光照墟落，穷巷牛羊归。
野老念牧童，倚杖候荆扉。
雉雊麦苗秀，蚕眠桑叶稀。

田夫荷锄至，相见语依依。
即此羡闲逸，怅然吟式微。

月下独酌　　李　白

花间一壶酒，独酌无相亲。
举杯邀明月，对影成三人。
月既不解饮，影徒随我身。
暂伴月将影，行乐须及春。
我歌月徘徊，我舞影零乱。
醒时同交欢，醉后各分散。
永结无情游，相期邈云汉。

七言古诗每句七个字，全诗字数不拘多少。例如：

白雪歌送武判官归京　　岑　参

北风卷地白草折，
胡天八月即飞雪。
忽如一夜春风来，
千树万树梨花开。
散入珠帘湿罗幕，

狐裘不暖锦衾薄。
将军角弓不得控，
都护铁衣冷难着。
瀚海阑干百丈冰，
愁云惨淡万里凝。
中军置酒饮归客，
胡琴琵琶与羌笛。
纷纷暮雪下辕门，
风掣红旗冻不翻。
轮台东门送君去，
去时雪满天山路。
山回路转不见君，
雪上空留马行处。

此外还有一种杂言诗，诗中掺杂着五字句和七字句，甚至有三字句、四字句、六字句、八字句、九字句。但是，一般都把杂言诗归入七言古诗一类。例如：

梦游天姥吟留别　　李　白

海客谈瀛洲，

烟涛微茫信难求。
越人语天姥，
云霞明灭或可睹。
天姥连天向天横，
势拔五岳掩赤城。
天台四万八千丈，
对此欲倒东南倾。
我欲因之梦吴越，
一夜飞度镜湖月。
湖月照我影，
送我至剡溪。
谢公宿处今尚在，
绿水荡漾清猿啼。
脚著谢公屐，
身登青云梯。
半壁见海日，
空中闻天鸡。
千岩万转路不定，
迷花倚石忽已暝。
熊咆龙吟殷岩泉，

栗深林兮惊层巅。

云青青兮欲雨，

水澹澹兮生烟。

列缺霹雳，

丘峦崩摧。

洞天石扉，

訇然中开。

青冥浩荡不见底，

日月照耀金银台。

霓为衣兮风为马，

云之君兮纷纷而来下。

虎鼓瑟兮鸾回车，

仙之人兮列如麻。

忽魂悸以魄动，

恍惊起而长嗟。

惟觉时之枕席，

失向来之烟霞。

世间行乐亦如此，

古来万事东流水。

别君去兮何时还？

且放白鹿青崖间，
须行即骑访名山。
安能摧眉折腰事权贵，
使我不得开心颜！

今体诗分为两类：（一）律诗；（二）绝句。

律诗又分两类：（一）五言律诗，简称五律；（二）七言律诗，简称七律。

五言律诗每句五个字，共八句，全诗四十个字。例如：

春望　　杜　甫

国破山河在，城春草木深。
感时花溅泪，恨别鸟惊心。
烽火连三月，家书抵万金。
白头搔更短，浑欲不胜簪。

（“胜”读shēng，“簪”读zēn）

有一种五言长律（又叫五言排律），每句五个字，全诗共十二句，或更多。例如：

守睢阳诗　　张　巡

接战春来苦，孤城日渐危。
合围侔月晕，分守若鱼丽。
屡厌黄尘起，时将白羽麾。
裹疮犹出阵，饮血更登陴。
忠信应难敌，坚贞谅不移。
无人报天子，心计欲何施？

（“丽”读lí）

七言律诗每句七个字，共八句，五十六个字。例如：

登高　　杜　甫

风急天高猿啸哀，渚清沙白鸟飞回。
无边落木萧萧下，不尽长江滚滚来。
万里悲秋常作客，百年多病独登台。
艰难苦恨繁霜鬓，潦倒新停浊酒杯。

绝句又分为两类：（一）五言绝句，简称五绝；（二）七言绝句，简称七绝。

五言绝句每句五个字，全诗四句，共二十个字。例如：

逢雪宿芙蓉山主人　　刘长卿

日暮苍山远，天寒白屋贫。
柴门闻犬吠，风雪夜归人。

七言绝句每句七个字，全诗四句，共二十八个字。例如：

嫦娥　　李商隐

云母屏风烛影深，长河渐落晓星沉。
嫦娥应悔偷灵药，碧海青天夜夜心。

第二章　诗韵

第一节　平水韵

现存最早的一部诗韵，是《广韵》。《广韵》的前身是《唐韵》，《唐韵》的前身是《切韵》。《广韵》共有206韵，《唐韵》、《切韵》应该也是206韵[①]。韵分得太细，写诗很受拘束。唐初许敬宗等奏议，把206韵中邻近的韵合并来用。宋淳祐年间，江北平水人刘渊著《壬子新刊礼部韵略》，合并206韵为107韵。清代改称“平水韵”为“佩文诗韵”，又合并为106韵。因为平水韵是根据唐初许敬宗奏议合并的韵，所以，唐人用韵，实际上用的是平水韵。

平水韵106韵如下：

---

① 今人考证，《切韵》原来只有193韵。

上平声[①]

一东	二冬	三江	四支
五微	六鱼	七虞	八齐
九佳	十灰	十一真	十二文
十三元	十四寒	十五删	

下平声

一先	二萧	三肴	四豪
五歌	六麻	七阳	八庚
九青	十蒸	十一尤	十二侵
十三覃	十四盐	十五咸	

上声

一董	二肿	三讲	四纸
五尾	六语	七麌	八荠
九蟹	十贿	十一轸	十二吻

① 平声字多，分为两卷。“上平声”是平声上卷的意思，“下平声”是平声下卷的意思。

十三阮	十四旱	十五潸	十六铣
十七筱	十八巧	十九皓	二十哿
廿一马	廿二养	廿三梗	廿四迥
廿五有	廿六寝	廿七感	廿八俭
廿九豏			

去声

一送	二宋	三绛	四寘
五未	六御	七遇	八霁
九泰	十卦	十一队	十二震
十三问	十四愿	十五翰	十六谏
十七霰	十八啸	十九效	二十号
廿一个	廿二祃	廿三漾	廿四敬
廿五径	廿六宥	廿七沁	廿八勘
廿九艳	三十陷		

入声

一屋	二沃	三觉	四质
五物	六月	七曷	八黠
九屑	十药	十一陌	十二锡

十三职　　十四缉　　十五合　　十六叶
十七洽

第二节　今体诗的用韵

今体诗（律诗，绝句）用韵，都依照平水韵，而且限用平声韵。例如：

月夜忆舍弟　　杜　甫

戍鼓断人行，边秋一雁声[1]。
露从今夜白，月是故乡明。
有弟皆分散，无家问死生。
寄书长不达，况乃未休兵！

（八庚）

湘灵鼓瑟　　钱　起

善鼓云和瑟，常闻帝子灵。
冯夷空自舞，楚客不堪听。

① △号表示韵脚。下同。

苦调凄金石，清音入杳冥。
苍梧来怨慕，白芷动芳馨。
流水传湘浦，悲风过洞庭。
曲终人不见，江上数峰青。

（九青）

从军行　　王昌龄

秦时明月汉时关，万里长征人未还。
但使龙城飞将在，不教胡马度阴山。

（十五删。“教”读jiāo）

塞下曲　　李　白

五月天山雪，无花只有寒。
笛中闻折柳，春色未曾看。
晓战随金鼓，宵眠抱玉鞍。
愿将腰下剑，直为斩楼兰。

（十四寒。“看”读kān）

左迁至蓝关示侄孙湘　　韩　愈

一封朝奏九重天，夕贬潮阳路八千。

欲为圣明除弊事，肯将衰朽惜残年？
云横秦岭家何在？雪拥蓝关马不前。
知汝远来应有意，好收吾骨瘴江边。

（一先）

辋川闲居　　王　维

一从归白社，不复到青门。
时倚檐前树，远看原上村。
青菰临水拔，白鸟向山翻。
寂寞於陵子，桔槔方灌园。

（十三元。“看”读kān）

第三节　古体诗的用韵

古体诗用韵较宽，可以用平水韵，也可以用更宽的韵，即以邻韵合用。例如：

樵父词　　储光羲

山北饶朽木，山南多枯枝。（四支）
枯枝作采薪，爨室私自知。（四支）

诘朝砺斧寻，视暮行歌归。（五微）
先雪隐薜荔，迎暄卧茅茨。（四支）
清涧日濯足，乔木时曝衣。（五微）
终年登险阻，不复忧安危。（四支）
荡漾与神游，莫知是与非。（五微）

伤宅　　白居易

谁家起甲第，朱门大道边？（一先）
丰屋中栉比，高墙外回环。（十五删）
累累六七堂，檐宇相连延。（一先）
一堂费百万，郁郁起青烟。（一先）
洞房温且清，寒暑不能干。（十四寒）
高堂虚且迥，坐卧见南山。（十五删）
绕廊紫藤架，夹砌红药栏。（十四寒）
攀枝摘樱桃，带花移牡丹。（十四寒）
主人此中坐，十载为大官。（十四寒）
厨有臭败肉，库有贯朽钱。（一先）
谁能将我语，问尔骨肉间。（十五删）
岂无穷贱者，忍不救饥寒？（十四寒）
如何奉一身，直欲保千年！（一先）

不见马家宅，今作奉诚园！（十三元）

古体诗用韵，可以用平声韵，也可以用上去声韵（上去声可以通押），也可以用入声韵。例如：

用平声韵的：

赠卫八处士　　杜　甫

人生不相见，动如参与商。
今夕复何夕？共此灯烛光。
少壮能几时？鬓发各已苍。
访旧半为鬼，惊呼热中肠。
焉知二十载，重上君子堂！
昔别君未婚，儿女已成行。
怡然敬父执，问我来何方。
问答未及已，儿女罗酒浆。
夜雨剪春韭，新炊间黄粱。
主称会面难，一举累十觞。
十觞亦不醉，感子故意长。
明日隔山岳，世事两茫茫！

（七阳）

用上声韵的：

夏日南亭怀辛大　　孟浩然

山光忽西落，池月渐东上。
散发乘夕凉，开轩卧闲敞。
荷风送香气，竹露滴清响。
欲取鸣琴弹，恨无知音赏。
感此怀故人，中宵劳梦想。

（廿二养）

用去声韵的：

羌村　　杜　甫

峥嵘赤云西，日脚下平地。（四寘）
柴门鸟雀噪，归客千里至。（四寘）
妻孥怪我在，惊定还拭泪。（四寘）
世乱遭飘荡，生还偶然遂。（四寘）
邻人满墙头，感叹亦歔欷。（五未）
夜阑更秉烛，相对如梦寐。（四寘）

用入声韵的：

佳人　　杜　甫

绝代有佳人，幽居在空谷。（一屋）
自云良家子，零落依草木。（一屋）
关中昔丧乱，兄弟遭杀戮。（一屋）
官高何足论？不得收骨肉。（一屋）
世情恶衰歇，万事随转烛。（二沃）
夫婿轻薄儿，新人美如玉。（二沃）
合昏尚知时，鸳鸯不独宿。（一屋）
但见新人笑，那闻旧人哭！（一屋）
在山泉水清，出山泉水浊。（三觉）
侍婢卖珠回，牵萝补茅屋。（一屋）
摘花不插发，采柏动盈掬。（一屋）
天寒翠袖薄，日暮倚修竹。（一屋）

第四节　一韵到底和换韵

今体诗都是一韵到底的。古体诗可以一韵到底，也可以换韵，乃至换几次韵。例如：

雁门太守行　　　李　贺

黑云压城城欲摧，
甲光向日金鳞开。（十灰）
角声满天秋色里，
塞上燕脂凝夜紫。
半卷红旗临易水，
霜重鼓寒声不起。（四纸）
报君黄金台上意①，（四寘）
提携玉龙为君死。（四纸）

①“意”字去声，也可以认为韵脚，上去通押。

兵车行　　杜　甫

车辚辚，马萧萧，行人弓箭各在腰。
耶娘妻子走相送，尘埃不见咸阳桥。
牵衣顿足拦道哭，哭声直上干云霄。（二萧）
道旁过者问行人，行人但云点行频。（十一真）
或从十五北防河，便至四十西营田。
去时里正与裹头，归来头白还戍边。（一先）
边庭流血成海水，武皇开边意未已。
君不闻汉家山东二百州，
千村万落生荆杞。（四纸）
纵有健妇把锄犁，禾生陇亩无东西。
况复秦兵耐苦战，被驱不异犬与鸡。（八齐）
长者虽有问，役夫敢申恨？（十三问、十四愿合韵）
且如今年冬，未休关西卒。
县官急索租，租税从何出？（四质、六月合韵）
信知生男恶，反是生女好。
生女犹得嫁比邻，生男埋没随百草。（十九皓）
君不见青海头，古来白骨无人收。
新鬼烦冤旧鬼哭，天阴雨湿声啾啾。（十一尤）

第五节　首句用邻韵，出韵

上面说过，今体诗要用平水韵。但是，诗的首句本来是可以不用韵的，如果用韵，就不一定要用本韵，而可以用邻韵。例如：

访戴天山道士不遇　　李　白

犬吠水声中（一东），桃花带露浓。（二冬）
树深时见鹿，溪午不闻钟。（二冬）
野竹分青霭，飞泉挂碧峰。（二冬）
无人知所去，愁倚两三松。（二冬）

秋野　　杜　甫

秋野日疏芜（七虞），寒江动碧虚。（六鱼）
系舟蛮井络，卜宅楚村墟。（六鱼）
枣熟从人打，葵荒欲自锄。（六鱼）
盘飧老夫食，分减及溪鱼。（六鱼）

盛唐时期，首句用邻韵很少见。到了晚唐及宋代，首句用邻韵的情况非常多。现在举几个例子：

田家　　欧阳修

绿桑高下映平川（一先），赛罢田神笑语喧。（十三元）
林外鸣鸠春雨歇，屋头初日杏花繁。（十三元）

题西林壁　　苏　轼

横看成岭侧成峰（二冬），远近高低各不同。（一东）
不识庐山真面目，只缘身在此山中。（一东）

山园小梅　　林　逋

众芳摇落独暄妍（一先），占尽风情向小园。（十三元）
疏影横斜水清浅，暗香浮动月黄昏。（十三元）
霜禽欲下先偷眼，粉蝶如知合断魂。（十三元）
幸有微吟可相狎，不须檀板共金樽。（十三元）

今体诗如果不是在首句，而是在其他地方用邻韵，叫做“出韵”。在唐宋诗中，出韵的情况非常罕见。这里举两个例子：

少年　　李商隐

外戚平羌第一功（一东），生年二十有重封。（二冬）
宜登宣室螭头上，横过甘泉豹尾中。（一东）
别馆觉来云雨梦，后门归去蕙兰丛。（一东）
灞陵夜猎随田窦，不识寒郊自转蓬。（一东）

茂陵　　李商隐

汉家天马出蒲梢（三肴），苜蓿榴花遍近郊。（三肴）
内苑只知含凤觜，属车无复插鸡翘。（二萧）
玉桃偷得怜方朔，金屋修成贮阿娇。（二萧）
谁料苏卿老归国，茂陵松柏雨萧萧。（二萧）

第六节　柏梁体

七言古诗有句句用韵的，叫做柏梁体。汉武帝作柏梁台，和群臣共赋七言诗（联句），句句用韵（平声韵）。后人把句句用韵的七言诗称为柏梁体。例如：

饮中八仙歌　　杜　甫

知章骑马似乘船，眼花落井水底眠。
汝阳三斗始朝天，道逢麴车口流涎，
恨不移封向酒泉！
左相日兴费万钱，饮如长鲸吸百川，
衔杯乐圣称避贤。
宗之潇洒美少年，举觞白眼望青天，
皎如玉树临风前。
苏晋长斋绣佛前，醉中往往爱逃禅。
李白一斗诗百篇，长安市上酒家眠，
天子呼来不上船，自称臣是酒中仙。
张旭三杯草圣传，脱帽露顶王公前，
挥毫落纸如云烟。
焦遂五斗方卓然，高谈雄辩惊四筵。

第三章　诗的平仄

第一节　四声和平仄

古代汉语有四个声调：（一）平声；（二）上声；（三）去声；（四）入声。现代汉语有许多方言（吴语、粤语、闽语、湘语、客家话等）都还保存着这个四声[①]。但是，北方许多方言（包括北京话）和西南方言里，入声已经消失，平声分为阴阳，成为新四声，即（一）阴平；（二）阳平；（三）上声；（四）去声。

唐宋以后的诗词是讲究声调的。在用韵时，平声不和上去入声押韵，上去声也不和入声押韵。律诗、绝句还要讲究平

① 有些地方，四声各分阴阳，即阴平、阳平；阴上、阳上；阴去、阳去；阴入、阳入。

仄。所谓“平”，指的是平声（包括今之阴平、阳平）；所谓“仄”，指的是上去入三声。“仄”就是不平的意思。在诗词的写作上，让这两类声调互相交错，就能使声调多样化，而不至于单调。这样就造成诗词的节奏美。平仄的规则非常重要。可以说，没有平仄就没有诗词格律。

现在北方人和西南地区的人讲究平仄遇到很大的困难，就因为不能辨别入声字。在普通话里，入声字转入了阴平、阳平、上声、去声。在西南话里，入声字一律转入了阳平。要解决这个问题，只有记住一些常用的入声字。下面列举一些常用的入声字，以供参考。

一屋

屋木竹目服福禄谷熟穀肉族速鹿腹菊陆轴逐牧伏宿读犊毂复粥肃育六缩哭幅斛戮仆畜蓄叔淑独卜沐祝麓筑穆覆秃郁夙孰朴矗[1]

---

[1] ＊号表示今普通话读阴平，× 号表示今普通话读阳平，懂普通话的人只要记住这些就行了，其他转入上去声的字用不着记，因为上去声和入声同属仄声。

二沃

沃俗玉足曲粟烛属录绿辱狱毒局欲束鹄[1]蜀促触续督赎笃浴酷褥旭

三觉

觉角[2]岳乐捉朔卓琢剥驳雹确浊擢握学镯

四质

质日笔出室实疾术一乙壹吉秩密率律逸栗七虱悉戌必侄聿茁漆膝

五物

物佛拂弗屈郁乞讫勿熨

六月

月骨[3]髮发阙越谒没伐罚卒竭忽窟钺歇突袜勃筏掘核曰蝎

---

① "鹄"读阳平（hú），指天鹅；又读上声（gǔ），指箭靶子。

② "角"读阳平（jué），指竞争，演员；又读上声（jiǎo），指犄角。

③ "骨"读阳平（gú），指骨头；又读上声（gǔ），指骨气，品质（傲骨，媚骨）。

七曷

曷达末阔活钵脱夺褐割沫葛渴拨豁括遏掇喝撮咄

八黠

黠辖札拔猾滑八察杀刹①刷

九屑

屑节雪绝列烈结穴说血洁别缺裂热决铁灭折拙切悦辙诀泄咽杰彻哲鳖设啮劣挈截窃蔑跌辍揭桀薛噎碣

十药

药薄恶略作乐落阁鹤爵雀弱约脚幕洛壑索郭错跃若缚酌托削铎灼凿②却鹊诺漠钥着虐掠泊获莫铄锷鄂勺谑廓霍烁镬嚼拓各桌搏礴昨

① “刹” 读去声（chà），指佛寺。

② “凿” 读阳平（záo），指穿孔；又读去声（zuò），指穿凿（文言）。

十一陌

陌石客白泽伯迹宅席策碧籍格役帛戟璧驿麦额柏魄积脉夕液册尺隙逆划百辟赤易革脊获适隔益掷[①]责惜僻辟腋掖释择摘斥奕迫疫赫炙藉译骼翮瘠昔硕

十二锡

锡壁历枥击绩笛敌滴镝檄激寂翟析溺觅狄荻雳砾剔踢的涤戚

十三职

职国德食蚀色力翼墨极息直得北黑侧饰贼刻则塞式轼域殖植值敕饬棘惑默织匿亿忆臆特勒仄稷识肋即逼克蜮拭弋陟测抑恻亟忒穑或

十四缉

缉[②]辑立集邑急入泣湿习给十拾什袭及级涩粒揖汁蛰笠执汲挹葺吸楫

① "掷"读阴平（zhī），指撒下（色子）；又读阳平（zhí），指踯躅；又读去声（zhì），指扔，投。

② "缉"读阴平（jī），指缉拿；又读阴平（qī），指一种缝纫方法。

十五合

合塔答杂腊纳榻蜡匝阖沓榼踏鸽飒盍拉

十六叶

叶帖贴接牒蝶猎妾叠箧涉捷颊摄协谍挟馌燮辄

十七洽

洽狭峡法甲业匣压鸭乏怯劫胁插押狎恰柙夹浃侠

第二节　今体诗的平仄

今体诗（律诗，绝句）的平仄，指的是句子的平仄格式。五言律诗共有四个句型，即

（一）㊀仄平平仄

（二）平平仄仄平

（三）㊥平平仄仄

（四）㊀仄仄平平

（字外加圈表示可平可仄。下同。）

四个句型错综变化，成为五言律诗的四种平仄格式，如下：

（一）首句仄起仄收式

㊀仄平平仄，平平仄仄平。
㊁平平仄仄，㊀仄仄平平。
㊀仄平平仄，平平仄仄平。
㊁平平仄仄，㊀仄仄平平。

春夜喜雨

杜　甫

好雨知时节，当春乃发生。
随风潜入夜，润物细无声。
野径云俱黑，江船火独明。
晓看红湿处，花重锦官城[①]。

（“俱”读jū，“看”读kān）

① 字的下面加着重号“·”，表示入声。下同。

旅夜书怀　　　杜　甫

细草微风岸，危樯独夜舟。
星垂平野阔，月涌大江流。
名岂文章著？官应老病休。
飘飘何所似，天地一沙鸥。

秦州杂诗　　　杜　甫

南使宜天马，由来万匹强。
浮云连阵没，秋草遍山长。
闻说真龙种，仍残老骕骦。
哀鸣思战斗，迥立向苍苍。

这种平仄格式最为常见。

（二）首句仄起平收式

㊀仄仄平平，平平仄仄平。
㊥平平仄仄，㊀仄仄平平。
㊀仄平平仄，平平仄仄平。
㊥平平仄仄，㊀仄仄平平。

终南山　　王　维

太乙近天都，连山到海隅。
白云回望合，青霭入看无。
分野中峰变，阴晴众壑殊。
欲投人处宿，隔水问樵夫。

（三）首句平起仄收式

㊣平平仄仄，㊀仄仄平平。
㊀仄平平仄，平平仄仄平。
㊣平平仄仄，㊀仄仄平平。
㊀仄平平仄，平平仄仄平。

山居秋暝　　王　维

空山新雨后，天气晚来秋。
明月松间照，清泉石上流。
竹喧归浣女，莲动下渔舟。
随意春芳歇，王孙自可留。

（四）首句平起平收式

平平仄仄平，(仄)仄仄平平。
(仄)仄平平仄，平平仄仄平。
(平)平平仄仄，(仄)仄仄平平。
(仄)仄平平仄，平平仄仄平。

晚晴　　李商隐

深居俯夹城，春去夏犹清。
天意怜幽草，人间重晚晴。
并添高阁迥，微注小窗明。
越鸟巢干后，归飞体更轻。

五言绝句是五言律诗的一半，所以也有四种平仄格式，如下：

（一）首句仄起仄收式

(仄)仄平平仄，平平仄仄平。
(平)平平仄仄，(仄)仄仄平平。

相思　　王　维

红豆生南国，春来发几枝？
愿君多采撷，此物最相思。

登鹳雀楼　　王之涣

白日依山尽，黄河入海流。
欲穷千里目，更上一层楼。

问刘十九　　白居易

绿蚁新醅酒，红泥小火炉。
晚来天欲雪，能饮一杯无？

这种平仄格式最为常见。

（二）首句仄起平收式

㊀仄仄平平，平平仄仄平。
㊁平平仄仄，㊀仄仄平平。

哥舒歌　　西鄙人

北斗七星高，哥舒夜带刀。
至今窥牧马，不敢过临洮。

（三）首句平起仄收式

㊣平平仄仄，㊁仄仄平平。
㊁仄平平仄，平平仄仄平。

听筝　　李　端

鸣筝金粟柱，素手玉房前。
欲得周郎顾，时时误拂弦。

（四）首句平起平收式

平平仄仄平，㊁仄仄平平。
㊁仄平平仄，平平仄仄平。

闺人赠远　　王　涯

花明绮陌春，柳拂御沟新。
为报辽阳客，流光不待人。

这种平仄格式罕见。

七言律诗也有四个句型，即

（一）㊥平㊀仄平平仄
（二）㊀仄平平仄仄平
（三）㊀仄㊥平平仄仄
（四）㊥平㊀仄仄平平

四个句型错综变化，成为七言律诗的四种平仄格式，如下：

（一）首句平起平收式

㊥平㊀仄仄平平，㊀仄平平仄仄平。
㊀仄㊥平平仄仄，㊥平㊀仄仄平平。
㊥平㊀仄平平仄，㊀仄平平仄仄平。
㊀仄㊥平平仄仄，㊥平㊀仄仄平平。

望蓟门　　祖　咏

燕台一去客心惊，笳鼓喧喧汉将营。

万里寒光生积雪，三边曙色动危旌。

沙场烽火连胡月，海畔云山拥蓟城。

少小虽非投笔吏，论功还欲请长缨。

长沙过贾谊宅　　刘长卿

三年谪宦此栖迟，万古唯留楚客悲。

秋草独寻人去后，寒林空见日斜时。

汉文有道恩犹薄，湘水无情吊岂知？

寂寂江山摇落处，怜君何事到天涯？

（“涯”读yí）

隋宫　　李商隐

紫泉宫殿锁烟霞，欲取芜城作帝家。

玉玺不缘归日角，锦帆应是到天涯。

于今腐草无萤火，终古垂杨有暮鸦。

地下若逢陈后主，岂宜重问后庭花？

（“涯”读yá）

秋兴（选三首）　　杜　甫

瞿唐峡口曲江头，万里风烟接素秋。
花萼夹城通御气，芙蓉小苑入边愁。
珠帘绣柱围黄鹄，锦缆牙樯起白鸥。
回首可怜歌舞地，秦中自古帝王州。

昆明池水汉时功，武帝旌旗在眼中。
织女机丝虚夜月，石鲸鳞甲动秋风。
波漂菰米沉云黑，露冷莲房坠粉红。
关塞极天惟鸟道，江湖满地一渔翁。

昆吾御宿自逶迤，紫阁峰阴入渼陂。
香稻啄馀鹦鹉粒，碧梧栖老凤凰枝。
佳人拾翠春相问，仙侣同舟晚更移。
彩笔昔曾干气象，白头吟望苦低垂。

这种格式最为常见。

（二）首句平起仄收式

㊣平㊀仄平平仄，㊀仄平平仄仄平。
㊀仄㊣平平仄仄，㊣平㊀仄仄平平。
㊣平㊀仄平平仄，㊀仄平平仄仄平。
㊀仄㊣平平仄仄，㊣平㊀仄仄平平。

客至　杜　甫

舍南舍北皆春水，但见群鸥日日来。
花径不曾缘客扫，蓬门今始为君开。
盘飧市远无兼味，樽酒家贫只旧醅。
肯与邻翁相对饮，隔篱呼取尽馀杯。

遣悲怀（其一）　元　稹

谢公最小偏怜女，自嫁黔娄百事乖。
顾我无衣搜荩箧，泥他沽酒拔金钗。
野蔬充膳甘长藿，落叶添薪仰古槐。
今日俸钱过十万，与君营奠复营斋。

（“过”读guō）

酬乐天扬州初逢席上见赠　刘禹锡

巴山楚水凄凉地，二十三年弃置身。

怀旧空吟闻笛赋，到乡翻似烂柯人。
沉舟侧畔千帆过，病树前头万木春。
今日听君歌一曲，暂凭杯酒长精神。

（三）首句仄起平收式

㊀仄平平仄仄平，㊉平㊀仄仄平平。
㊉平㊀仄平平仄，㊀仄平平仄仄平。
㊀仄㊉平平仄仄，㊉平㊀仄仄平平。
㊉平㊀仄平平仄，㊀仄平平仄仄平。

秋兴（其四）　　杜　甫

闻道长安似弈棋，百年世事不胜悲。
王侯第宅皆新主，文武衣冠异昔时。
直北关山金鼓震，征西车马羽书驰。
鱼龙寂寞秋江冷，故国平居有所思。

（“胜”读shēng）

登柳州城楼寄漳汀封连四州　　柳宗元

城上高楼接大荒，海天愁思正茫茫。

惊风乱飐芙蓉水，密雨斜侵薜荔墙。
岭树重遮千里目，江流曲似九回肠。
共来百越文身地，犹自音书滞一乡。

（“思”读sì）

自河南经乱，关内阻饥，兄弟离散，各在一方，因望月有感，聊书所怀

白居易

时难年荒世业空，弟兄羁旅各西东。
田园寥落干戈后，骨肉流离道路中。
吊影分为千里雁，辞根散作九秋蓬。
共看明月应垂泪，一夜乡心五处同。

（“难”读nàn，“看”读kān）

村居初夏

陆　游

天遣为农老故乡，山园三亩镜湖旁。
嫩莎经雨如秧绿，小蝶穿花似茧黄。
斗酒只鸡人笑乐，十风五雨岁丰穰。
相逢但喜桑麻长，欲话穷通已两忘。

（“忘”读wáng）

这种格式也很常见。

（四）首句仄起仄收式

(仄)仄(平)平平仄仄，(平)平(仄)仄仄平平。
(平)平(仄)仄平平仄，(仄)仄平平仄仄平。
(仄)仄(平)平平仄仄，(平)平(仄)仄仄平平。
(平)平(仄)仄平平仄，(仄)仄平平仄仄平。

闻官军收河南河北　　杜　甫

剑外忽传收蓟北，初闻涕泪满衣裳。
却看妻子愁何在？漫卷诗书喜欲狂。
白日放歌须纵酒，青春作伴好还乡。
即从巴峡穿巫峡，便下襄阳向洛阳。

（“裳”读cháng，“看”读kān）

再授连州至衡阳酬柳柳州赠别　　刘禹锡

去国十年同赴召，渡湘千里又分歧。
重临事异黄丞相，三黜名惭柳士师。
归目并随回雁尽，愁肠正遇断猿时。
桂江东过连山下，相望长吟有所思。

七言绝句是七言律诗的一半，所以也有四种平仄格式，如下：

（一）首句平起平收式

(平)平(仄)仄仄平平，(仄)仄平平仄仄平。
(仄)仄(平)平平仄仄，(平)平(仄)仄仄平平。

凉州词　　王　翰

葡萄美酒夜光杯，欲饮琵琶马上催。
醉卧沙场君莫笑，古来征战几人回？

早发白帝城　　李　白

朝辞白帝彩云间，千里江陵一日还。
两岸猿声啼不住，轻舟已过万重山。

将赴吴兴登乐游原　　杜　牧

清时有味是无能，闲爱孤云静爱僧。
欲把一麾江海去，乐游原上望昭陵。

泊秦淮　　杜　牧

烟笼寒水月笼沙，夜泊秦淮近酒家。
商女不知亡国恨，隔江犹唱后庭花。

从军行　　王昌龄

秦时明月汉时关，万里长征人未还。
但使龙城飞将在，不教胡马度阴山。

（“教”读jiāo）

这种格式最为常见。

（二）首句平起仄收式

㊥平㊥仄平平仄，㊥仄平平仄仄平。
㊥仄㊥平平仄仄，㊥平㊥仄仄平平。

大林寺桃花　　白居易

人间四月芳菲尽，山寺桃花始盛开。
长恨春归无觅处，不知转入此中来。

忆江柳　　白居易

曾栽杨柳江南岸，一别江南两度春。
遥忆青青江岸上，不知攀折是何人。

（三）首句仄起平收式

⊗仄平平仄仄平，㊉平⊗仄仄平平。
㊉平⊗仄平平仄，⊗仄平平仄仄平。

芙蓉楼送辛渐　　王昌龄

寒雨连江夜入吴，平明送客楚山孤。
洛阳亲友如相问，一片冰心在玉壶。

军城早秋　　严　武

昨夜秋风入汉关，朔云边月满西山。
更催飞将追骄虏，莫遣沙场匹马还。

赤壁　　杜　牧

折戟沉沙铁未销，自将磨洗认前朝。

东风不与周郎便，铜雀春深锁二乔。

秋夕　　杜　牧

银烛秋光冷画屏，轻罗小扇扑流萤。
天阶夜色凉如水，卧[①]看牵牛织女星。

江村即事　　司空曙

钓罢归来不系船，江村月落正堪眠。
纵然一夜风吹去，只在芦花浅水边。

山行　　杜　牧

远上寒山石径斜，白云深处有人家。
停车坐爱枫林晚，霜叶红于二月花。

贾生　　李商隐

宣室求贤访逐臣，贾生才调更无伦。
可怜夜半虚前席，不问苍生问鬼神。

---

①“卧”，一作“坐”。

夜雨寄北　　李商隐

君问归期未有期，巴山夜雨涨秋池。
何当共剪西窗烛，却话巴山夜雨时。

这种格式也很常见。

（四）首句仄起仄收式

㊀仄㊉平平仄仄，㊉㊉仄仄仄平平。
㊉平㊀仄平平仄，㊀仄平平仄仄平。

九月九日忆山东兄弟　　王　维

独在异乡为异客，每逢佳节倍思亲。
遥知兄弟登高处，遍插茱萸少一人。

赠刘景文　　苏　轼

荷尽已无擎雨盖，菊残犹有傲霜枝。
一年好景君须记，最是橙黄橘绿时。

第三节　平仄的变格

关于七言律诗、绝句的平仄，前人有个口诀，说的是：“一三五不论，二四六分明。”意思是说，在七字句中，第一、第三、第五字的平仄可以不拘，第二、第四、第六字的平仄必须分别清楚，该平的不能仄，该仄的不能平。由此类推，在五字句中，应该是“一三不论，二四分明”。这个口诀是不全面的，引起许多人的误解。在本节里，我们讨论“一三五不论”的问题。

上文说过，五律、五绝、七律、七绝都有四个句型，即

（一）平仄脚

（五言仄⃝仄平平仄，七言平⃝平仄⃝仄平平仄）；

（二）仄仄脚

（五言平⃝平平仄仄，七言仄⃝仄平⃝平平仄仄）；

（三）平平脚

（五言仄⃝仄仄平平，七言平⃝平仄⃝仄仄平平）；

（四）仄平脚

（五言平平仄仄平，七言仄⃝仄平平仄仄平）。

这四个句型有不同情况，四种句型第五字（五言第三字）的平仄以论为常格，不论为变格；第四种（仄平脚）句型第三字（五言第一字）必须用平声，否则叫做“犯孤平”[①]。

下面分别举例说明四种句型的平仄变格。

（一）平仄脚句型，五言第三字、七言第五字，以平声为正格，仄声为变格。例如：

送友人　　李　白

青山横北郭，白水绕东城。
此地一[②]为别，孤蓬万里征。
浮云游子意，落日故人情。
挥手自兹去，萧萧班马鸣。

（“一”字“自”字宜平而仄）

① “孤平”是个旧术语，指七字句“仄仄仄平仄仄平”。除韵脚外，只有一个平声字，所以叫做孤平。这个术语容易误解，以为别的句型也有孤平（如五言仄仄仄平平）。这里沿用旧术语，只是为了证明这种格律是传统的。科举时代，试帖诗犯孤平就算不及格。

② 此处字下的圆圈表示变格。下同。

辋川闲居赠裴秀才迪　　王　维

寒山转苍翠，秋水日潺湲。
倚杖柴门外，临风听暮蝉。
渡头余落日，墟里上孤烟。
复值接舆醉，狂歌五柳前。

（“接”字宜平而仄）

这种变格相当少见。如果出现的话，往往在下句同一位置上用一个平声字作为补偿，见下文第七节《拗救》。

（二）仄仄脚句型，五言第三字、七言第五字，以平声为正格，仄声为变格。例如：

次北固山下　　王　湾

客路青山外，行舟绿水前。
潮平两岸阔，风正一帆悬。
海日生残夜，江春入旧年。
乡书何处达？归雁洛阳边。

（“两”字宜平而仄）

破山寺后禅院　　常　建

清晨入古寺，初日照高林。
曲径通幽处，禅房花木深。
山光悦鸟性，潭影空人心。
万籁此俱寂，惟闻钟磬音。

（“入”、“悦”二字宜平而仄）

蜀先主庙　　刘禹锡

天地英雄气，千秋尚凛然。
势分三足鼎，业复五铢钱。
得相能开国，生儿不象贤。
凄凉蜀故妓，来舞魏宫前。

（“蜀”字宜平而仄）

八阵图　　杜　甫

功盖三分国，名成八阵图。
江流石不转，遗恨失吞吴。

（“石”字宜平而仄）

南邻　　杜　甫

锦里先生乌角巾，园收芋栗未全贫。
惯看宾客儿童喜，得食阶除鸟雀驯。
秋水才深四五尺，野航恰受两三人。
白沙翠竹江村暮，相送柴门月色新。

（“看”读kān，“四”字宜平而仄）

咏怀古迹（其二）　　杜　甫

摇落深知宋玉悲，风流儒雅亦吾师。
怅望千秋一洒泪，萧条异代不同时。
江山故宅空文藻，云雨荒台岂梦思？
最是楚宫俱泯灭，舟人指点到今疑。

（“俱”读jū，“一”字宜平而仄）

这种变格相当常见，但是有一个条件，就是五言第一字必平，七言第三字必平。

（三）平平脚句型，五言第三字、七言第五字，原则上要用仄声，用平声的是罕见的例外。例如：

终南望余雪[1] 祖 咏

终南阴岭秀，积雪浮云端。
林表明霁色，城中增暮寒。

（“浮”字宜仄而平）

锦瑟 李商隐

锦瑟无端五十弦，一弦一柱思华年[2]。
庄生晓梦迷蝴蝶，望帝春心托杜鹃。
沧海月明珠有泪，蓝田日暖玉生烟。
此情可待成追忆？只是当时已惘然。

（“思”字宜仄而平）

（四）仄平脚句型，五言第三字、七言第五字，以仄声为正格，平声为变格。例如：

---

① 这首诗也可以认为是“古绝”（见下文），那么就没有变格的问题。

② “思”字有平去两读，这里的“思”字也可以认为义从平声，字读去声，那么也就没有变格的问题。

谷口书斋寄杨补阙　　钱　起

泉壑带茅茨，云霞生薜帷。
竹怜新雨后，山爱夕阳时。
闲鹭栖常早，秋花落更迟。
家童扫萝径，昨与故人期。

（“生”字宜仄而平）

登楼　　杜　甫

花近高楼伤客心，万方多难此登临。
锦江春色来天地，玉垒浮云变古今。
北极朝廷终不改，西山寇盗莫相侵。
可怜后主还祠庙，日暮聊为梁父吟。

（“难”读nàn，“伤”字、“梁”字宜仄而平）

秋兴（选二首）　　杜　甫

玉露凋伤枫树林，巫山巫峡气萧森。
江间波浪兼天涌，塞上风云接地阴。
丛菊两开他日泪，孤舟一系故园心。

寒衣处处催刀尺，白帝城高急暮砧。

（“枫”字宜仄而平）

夔府孤城落日斜，每依北斗望京华。
听猿实下三声泪，奉使虚随八月槎。
画省香炉违伏枕，山楼粉堞隐悲笳。
请看石上藤萝月，已映洲前芦荻花。

（“看”读kān，“芦”字宜仄而平）

在四个句型中，这种变格最为常见。

在上述四种平仄变格之外，还有一种特定的变格，那就是把仄仄脚句型，五言第三四两字平仄对调，七言第五六两字平仄对调，即五言成为平平仄平仄，七言成为㊅仄平平仄平仄。例如：

见于第一句者：

天末怀李白　　杜　甫

凉风起天末，君子意如何？
鸿雁几时到，江湖秋水多。
文章憎命达，魑魅喜人过。

应共冤魂语，投诗赠汨罗。

别房太尉墓　　杜　甫

他乡复行役，驻马别孤坟。
近泪无干土，低空有断云。
对棋陪谢傅，把酒觅徐君。
唯见林花落，莺啼送客闻。

咏怀古迹　　杜　甫

蜀主征吴幸三峡，崩年亦在永安宫。
翠华想象空山里，玉殿虚无野寺中。
古庙杉松巢水鹤，岁时伏腊走村翁。
武侯祠屋长邻近，一体君臣祭祀同。

见于第一、第五句者：

过故人庄　　孟浩然

故人具鸡黍，邀我至田家。
绿树村边合，青山郭外斜。
开轩面场圃，把酒话桑麻。

待到重阳日，还来就菊花。

见于第三句者：

秋兴（其五）　　杜　甫

蓬莱宫阙对南山，承露金茎霄汉间。
西望瑶池降王母，东来紫气满函关。
云移雉尾开宫扇，日绕龙鳞识圣颜。
一卧沧江惊岁晚，几回青琐点朝班。

（“降”读jiàng）

见于第三、第七句者：

夜泊牛渚怀古　　李　白

牛渚西江夜，青天无片云。
登舟望秋月，空忆谢将军。
余亦能高咏，斯人不可闻。
明朝挂帆去，枫叶落纷纷。

月夜　　杜　甫

今夜鄜州月，闺中只独看。
遥怜小儿女，未解忆长安。
香雾云鬟湿，清辉玉臂寒。
何时倚虚幌，双照泪痕干？

（“看”读kān）

见于第五句者：

咏怀古迹（其五）　　杜　甫

诸葛大名垂宇宙，宗臣遗像肃清高。
三分割据纡筹策，万古云霄[illegible]羽毛。
伯仲之间见伊吕，指挥若定失萧曹。
运移汉祚终难复，志决身歼军务劳。

这种变格以出现于第七句为常（绝句出现于第三句），一直沿用到现代。例如：

观猎　　王　维

风劲角弓鸣，将军猎渭城。
草枯鹰眼疾，雪尽马蹄轻。
忽过新丰市，还归细柳营。
回看射雕处，千里暮云平。

（“看”读kān）

渡荆门送别　　李　白

渡远荆门外，来从楚国游。
山随平野尽，江入大荒流。
月下飞天镜，云生结海楼。
仍怜故乡水，万里送行舟。

汉江临眺　　王　维

楚塞三湘接，荆门九派通。
江流天地外，山色有无中。
郡邑浮前浦，波澜动远空。
襄阳好风日，留醉与山翁。

宿府　　杜　甫

清秋幕府井梧寒，独宿江城蜡炬残。
永夜角声悲自语，中天月色好谁看？
风尘荏苒音书绝，关塞萧条行路难。
已忍伶俜十年事，强移栖息一枝安。

（“看”读kān）

咏怀古迹（其一）　　杜　甫

支离东北风尘际，漂泊西南天地间。
三峡楼台淹日月，五溪衣服共云山。
羯胡事主终无赖，词客哀时且未还。
庾信平生最萧瑟，暮年诗赋动江关。

咏怀古迹（其三）　　杜　甫

群山万壑赴荆门，生长明妃尚有村。
一去紫台连朔漠，独留青冢向黄昏。
画图省识春风面，环佩空归月夜魂。
千载琵琶作胡语，分明怨恨曲中论。

（“论”读lún）

无题　　李商隐

重帏深下莫愁堂，卧后清宵细细长。
神女生涯原是梦，小姑居处本无郎。
风波不信菱枝弱，月露谁教桂叶香？
直道相思了无益，未妨惆怅是清狂。

（“教”读jiāo）

江南逢李龟年　　杜　甫

岐王宅里寻常见，崔九堂前几度闻。
正是江南好风景，落花时节又逢君。

寄令狐郎中　　李商隐

嵩云秦树久离居，双鲤迢迢一纸书。
休问梁园旧宾客，茂陵秋雨病相如。

金谷园　　杜　牧

繁华事散逐香尘，流水无情草自春。
日暮东风怨啼鸟，落花犹似坠楼人。

这种特定的变格和上述仄仄脚的变格一样，有一个条件，就是五言第一字、七言第三字必须用平声①。

第四节　对和黏

律诗八句，分为四联。第一联叫做首联，第二联叫做颔联，第三联叫做颈联，第四联叫做尾联。每联的上句叫做出句，下句叫做对句。上句和下句的平仄关系，叫做“对”；前联和后联的平仄关系，叫做“黏”（nián）。

下句的平仄和上句的平仄相反，即相对立，所以叫做“对”。后联出句的平仄和前联对句的平仄相同，所以叫做“黏”。由于出句末字是仄声，对句末字是平声，后联的平仄不可能与前联的平仄完全相同，所以只能以后联出句第二字的平仄与前联对句第二字的平仄相同作为黏的标准。当然，如果是七言，第四字也要黏。例如：

---

① 第一句有个别例外，如孟浩然《过故人庄》:“故人具鸡黍，邀我至田家。”杜甫《登岳阳楼》:“昔闻洞庭水，今上岳阳楼。”

旅夜书怀　　杜　甫

细草微风岸，　　危樯独夜舟。

〔仄〕仄平平仄，　　平平仄仄平（对）。

星垂平野阔，　　月涌大江流。

〔平〕平平仄仄（黏），　　〔仄〕仄仄平平（对）。

名岂文章著？　　官应老病休。

〔仄〕仄平平仄（黏），　　平平仄仄平（对）。

飘飘何所似？　　天地一沙鸥。

〔平〕平平仄仄（黏），　　〔仄〕仄仄平平（对）。

无题　　李商隐

相见时难别亦难，　　东风无力百花残。

〔仄〕仄平平仄仄平，　　〔平〕平〔仄〕仄仄平平（对）。

春蚕到死丝方尽，　　蜡炬成灰泪始干。

〔平〕平〔仄〕仄平平仄（黏），　　〔仄〕仄平平仄仄平（对）。

晓镜但愁云鬓改，　　夜吟应觉月光寒。

〔仄〕仄〔平〕平平仄仄（黏），　　〔平〕平〔仄〕仄仄平平（对）。

蓬山此去无多路，　　青鸟殷勤为探看。

〔平〕平〔仄〕仄平平仄（黏），　　仄仄平平仄仄平（对）。

绝句是律诗的一半，所以绝句的对和黏也与律诗的对和黏相同。例如：

塞下曲　　卢　纶

月黑雁飞高，　　单于夜遁逃。
仄⃝仄仄平平，　　平平仄仄平（对）。
欲将轻骑逐，　　大雪满弓刀。
平⃝平平仄仄（黏），　仄⃝仄仄平平（对）。

赠别　　杜　牧

多情却似总无情，　　唯觉尊前笑不成。
平⃝平仄⃝仄仄平平，　　仄⃝仄平平仄仄平（对）。
蜡烛有心还惜别，　　替人垂泪到天明。
仄⃝仄平⃝平平仄仄（黏），　仄⃝平仄⃝仄仄平平（对）。

长律的平仄也是依照对和黏的格律。即使长达一百韵（一百联），只要我们知道首句第二字的平仄，全诗的平仄都可以推知。

律诗绝句不合对和黏的格律者，叫做“失对”、“失黏”。在唐宋五言律绝中，失对的情况非常罕见，现在只举一个例子：

忆弟　　杜甫

且喜河南定，　不问邺城围。
㊀仄平平仄，　仄仄仄平平（失对）。
百战今谁在？　三年望汝归。
㊀仄平平仄（黏），　平平仄仄平（对）。
故园花自发，　春日鸟还飞。
平平平仄仄（黏），　仄仄仄平平（对）。
断绝人烟久，　东西消息稀。
㊀仄平平仄（黏），　平平平仄平（对）。

七言律绝中，甚至是没有。

失黏的情况，初唐、盛唐有一些。例如：

送著作佐郎崔融等从梁王东征　　陈子昂

金天方肃杀，　白露始专征。
平平平仄仄，　仄仄仄平平（对）。
王师非乐战，　之子慎佳兵。

㊥平平仄仄（失黏），㊀仄仄平平（对）。
海气侵南郡，边风扫北平。
㊀仄平平仄（黏），平平仄仄平（对）。
莫卖卢龙塞，归邀麟阁名。
㊀仄平平仄（失黏），平平仄仄平（对）。

出塞　　王　维

居延城外猎天骄，白草连山野火烧。
㊥平㊀仄仄平平，㊀仄平平仄仄平（对）。
暮云空碛时驱马，秋日平原好射雕。
㊥平㊀仄平平仄（失黏），㊀仄平平仄仄平（对）。
护羌校尉朝乘障，破虏将军夜渡辽。
㊥平㊀仄平平仄（失黏），㊀仄平平仄仄平（对）。
玉靶角弓珠勒马，汉家将赐霍嫖姚。
㊀仄㊥平平仄仄（黏），㊥平㊀仄仄平平（对）。

送元二使西安　　王　维

渭城朝雨浥轻尘，客舍青青柳色新。
㊥平㊀仄仄平平，㊀仄平平仄仄平（对）。
劝君更尽一杯酒，西出阳关无故人。

㊥平㊦仄仄平仄（失黏），㊦仄平平平仄平（对）。

滁州西涧　　韦应物

独怜幽草涧边生，　　上有黄鹂深树鸣。
㊥平㊦仄仄平平，　　㊦仄平平平仄平（对）。
春潮带雨晚来急，　　野渡无人舟自横。
㊥平㊦仄平平仄（失黏），㊦仄平平平仄平（对）。

中唐以后渐少，乃至于没有了。

第五节　拗句和拗体

古人把律诗中不合平仄的句子称为拗句。初唐、盛唐某些诗人的律绝中出现一些拗句。例如：

望洞庭湖赠张丞相　　孟浩然

八月湖水平，涵虚混太清。
（“湖水”二字拗）
㊦仄仄平平，平平仄仄平。
气蒸云梦泽，波撼岳阳城。
㊥平平仄仄，㊦仄仄平平。

欲济无舟楫，端居耻圣明。

㊅仄平平仄，平平仄仄平。

坐观垂钓者，徒有羡鱼情。

㊥平平仄仄，㊅仄仄平平。

黄鹤楼　　崔　颢

昔人已乘黄鹤去，此地空余黄鹤楼。

（“乘”“鹤”二字拗）

㊥平㊅仄平平仄，㊅仄平平仄仄平。

黄鹤一去不复返，白云千载空悠悠。

（“去不”二字拗）

㊅仄㊥平平仄仄，㊥平㊅仄仄平平。

晴川历历汉阳树，芳草萋萋鹦鹉洲[1]。

㊥平㊅仄平平仄，㊅仄平平仄仄平。

日暮乡关何处是，烟波江上使人愁。

㊅仄㊥平平仄仄，㊥平㊅仄仄平平。

---

① 严格地说，第二句“黄”字、第四句“空”字、第五句“汉”字、第六句“鹦”字都算拗，但“汉”与“鹦”是拗救，参看下节。

全诗用拗句，或大部分用拗句，叫做拗体。杜甫、苏轼等诗人都写过拗体律诗。例如：

崔氏东山草堂　　杜　甫

爱汝玉山草堂静，高秋爽气相鲜新[1]。
（“草堂”二字拗）
㊀仄㊁平平仄仄，㊁平㊀仄仄平平。
有时自发钟磬响，落日更见渔樵人。
（“磬”字拗）（“更见渔樵”四字拗）
㊁平㊀仄平平仄，㊀仄平平仄仄平。
盘剥白鸦谷口栗，饭煮青泥坊底芹[2]。
（“谷”字拗）
㊀仄㊁平仄仄平，㊀仄平平仄仄平（失对）。
何为西庄王给事，柴门空闭锁松筠。
㊀仄㊁平平仄仄，㊁平㊀仄仄平平。

① 严格地说，“相”字也算拗。
② 严格地说，“坊”字也算拗。

寿星院寒碧轩　　苏　轼

清风肃肃摇窗扉，窗前修竹一尺围。

（“摇”字拗）（“尺”字拗）

㊉平㊀仄仄平平，㊉平㊀仄仄平平（失对）。

纷纷苍雪落夏簟，冉冉绿雾沾人衣。

（“落夏”二字拗）（“绿雾沾人”四字拗）

㊉平㊀仄平平仄，㊀仄平平仄仄平。

日高山蝉抱叶响，人静翠羽穿林飞。

（“蝉抱叶”三字拗）（“翠羽穿林”四字拗）

㊉平㊀仄平平仄（失黏），㊀仄平平仄仄平。

道人绝粒对寒碧，为问鹤骨何缘肥。

（“对”字拗）（“鹤骨何缘”四字拗）

㊉平㊀仄平平仄（失黏），㊀仄平平仄仄平。

第六节　拗救

律诗中虽然出现了拗句，但诗人有补救的办法，这就是“拗救”。所谓“拗救”，就是前面该用平声的地方用了仄声字，就在后面适当的地方用一个平声字作为补偿。拗救有两种：第一种是本句自救，第二种对句相救。

（一）本句自救，就是孤平拗救。前面说过，在律诗、绝句中，仄平脚的句型，五言第一字、七言第三字必须用平声，否则叫做“犯孤平”。但是，如果在五言第三字、七言第五字用个平声字作为补偿，也就没有毛病了。这叫做孤平拗救。例如：

寄江滔求孟六遗文　　刘昚虚

南望襄阳路，思君情转亲。
偏知汉水广，应与孟家邻。
在日贪为善，昨来闻更贫。（拗救）
相如有遗草，一为问家人。

宿五松山下荀媪家　　李　白

我宿五松下，寂寥无所欢。（拗救）
田家秋作苦，邻女夜舂寒。
跪进雕胡饭，月光明素盘。（拗救）
令人惭漂母，三谢不能餐。

夜宿山寺　　李　白

危楼高百尺，手可摘星辰。
不敢高声语，恐惊天上人。（拗救）

遣悲怀（其三）　　元　稹

闲坐悲君亦自悲，百年多是几多时？
邓攸无子寻知命，潘岳悼亡犹费词。（拗救）
同穴窅冥何所望？他生缘会更难期。
唯将终夜常开眼，报答平生未展眉。

（二）对句相救又分两种：（甲）大拗必救；（乙）小拗可救可不救。

（甲）大拗必救，指的是出句平仄脚句型，五言第四字拗、七言第六字拗，必须在对句的五言第三字、七言第五字用一个平声字作为补偿。例如：

奉济驿重送严公　　杜　甫

远送从此别，青山空复情。（拗救）
几时杯重把？昨夜月同行。

列郡讴歌惜，三朝出入荣。
江村独归去，寂寞养残生。

（“重”字，义从平声，字读上声。）

孤雁　　杜甫

孤雁不饮啄，飞鸣声念群。（拗救）
谁怜一片影，相失万重云。
望尽似犹见，哀多如更闻。
野鸦无意绪，鸣噪自纷纷。

赋得古原草送别　　白居易

离离原上草，一岁一枯荣。
野火烧不尽，春风吹又生。（拗救）
远芳侵古道，晴翠接荒城。
又送王孙去，萋萋满别情。

登乐游原　　李商隐

向晚意不适，驱车登古原。（拗救）
夕阳无限好，只是近黄昏。

（乙）小拗可救可不救，指的是出句平仄脚句型，五言第三字拗，七言第五字拗，可以在对句五言第三字、七言第五字用一个平声字作为补偿。这种小拗可以不救（见上节“平仄的变格”）；但是，诗人往往在这种地方用救。例如：

赠孟浩然　　李　白

吾爱孟夫子，风流天下闻。（拗救）
红颜弃轩冕，白首卧松云。
醉月频中圣，迷花不事君。
高山安可仰？从此挹清芬。

祖席　　韩　愈

淮南悲木落，而我亦伤秋。
况与故人别，那堪羁宦愁。（拗救）
荣华今异路，风雨昔同忧。
莫以宜春远，江山多胜游。

（“那”读nuó）

送友人　　李　白

青山横北郭，白水绕东城。

此地一为别，孤蓬万里征。（未救）
浮云游子意，落日故人情。
挥手自兹去，萧萧班马鸣。（拗救）

留别王维　　孟浩然

寂寂竟何待？朝朝空自归。（拗救）
欲寻芳草去，惜与故人违。
当路谁相假？知音世所稀。
只应守寂寞，还掩故园扉。

在许多情况下，本句自救（孤平拗救）是和对句相救同时并用的。例如：

（甲）大拗和孤平拗救并用：

与诸子登岘山　　孟浩然

人事有代谢，往来成古今。（大拗，孤平救）
江山留胜迹，我辈复登临。
水落鱼梁浅，天寒梦泽深。
羊公碑尚在，读罢泪沾襟。

除夜有怀　　崔涂

迢递三巴路，羁危万里身。
乱山残雪夜，孤独异乡人。
渐与骨肉远，转于僮仆亲。（大拗，孤平救）
那堪正漂泊，明日岁华新。（“那”读 nuó）

落花　　李商隐

高阁客竟去，小园花乱飞。（大拗，孤平救）
参差连曲陌，迢递送斜晖。
肠断未忍扫，眼穿仍欲归。（大拗，孤平救）
芳心向春尽，所得是沾衣。

夜泊水村　　陆游

腰间羽箭久凋零，太息燕然未勒铭。
老子犹堪绝大漠，诸君何至泣新亭？
一身报国有万死，双鬓向人无再青。（大拗，孤平救）
记取江湖泊船处，卧闻新雁落寒汀。（“燕”读 yān）

（乙）小拗和孤平拗救并用：

早寒有怀　　孟浩然

木落雁南渡，北风江上寒。（小拗，孤平救）
我家襄水曲，遥隔楚云端。
乡泪客中尽，孤帆天际看。（小拗救，“看”读 kān）
迷津欲有问，平海夕漫漫。（“漫”读 mán）

送人东游　　温庭筠

荒戍落黄叶，浩然离故关。（小拗，孤平救）
高风汉阳渡，初日郢门山。
江上几人在，天涯孤棹还。（小拗救）
何当重相见，樽酒慰离颜。（“重”读 zhòng）

喜外弟卢纶见宿　　司空曙

静夜四无邻，荒居旧业贫。
雨中黄叶树，灯下白头人。
以我独沉久，愧君相见频。（小拗，孤平救）
平生自有分，况是霍家亲！（“分”读 fèn）

咸阳城东楼　　　许　浑

一上高城万里愁，蒹葭杨柳似汀洲。
溪云初起日沉阁，山雨欲来风满楼。（小拗，孤平救）
鸟下绿芜秦苑夕，蝉鸣黄叶汉宫秋。
行人莫问当年事，故国东来渭水流。

新城道中（选一）　　　苏　轼

东风知我欲山行，吹断檐间滴雨声。
岭上晴云披絮帽，树头初日挂铜钲。
野桃含笑竹篱短，溪柳自摇沙水清。（小拗，孤平救）
西崦[1]人家应最乐，煮葵烧笋饷春耕。

回乡偶书　　　贺知章

少小离家老大回，乡音无改鬓毛摧[2]。
儿童相见不相识，笑问客从何处来。（小拗，孤平救）

---

①“崦”读如“掩”（yǎn），上声。
②“摧”，各本作“衰”，今依沈德潜《唐诗别裁集》作“摧”。

（丙）小拗、大拗、孤平拗救同时并用：

蓄剑　　杜　甫

致此自僻远，又非珠玉装。（小拗，大拗，孤平救）
如何有奇怪，每夜吐光芒。
虎气必腾上，龙身宁久藏。（小拗救）
风尘苦未息，持汝奉明王。

唐人善用拗救的格律，拗救的情况相当常见。宋代以后，除苏轼、陆游几个大家外，就很罕见了。

第七节　古体诗的平仄

从前人们以为古体诗是不讲究平仄的。后来清代赵执信著《声调谱》，证明古体诗也有平仄的讲究，不过古体诗的平仄和今体诗的平仄大不相同。就五言、七言的三字脚来说，就有下列的四种格式：

仄平仄；
仄仄仄；

平仄平；

平平平。

例如：

下终南山过斛斯山人宿置酒　　李　白

暮从碧山下（仄平仄），

山月随人归（平平平）。

却顾所来径（仄平仄），

苍苍横翠微（平仄平）。

相携及田家，

童稚开荆扉（平平平）。

绿竹入幽径（仄平仄），

青萝拂行衣。

欢言得所憩（仄仄仄），

美酒聊共挥（平仄平）。

长歌吟松风（平平平），

曲尽河星稀（平平平）。

我醉君复乐，

陶然共忘机。（“忘”读 wáng）

梦李白　　杜　甫

死别已吞声，
生别长恻恻。
江南瘴疠地（仄仄仄），
逐客无消息。
故人入我梦（仄仄仄），
明我长相忆。
君今在罗网（仄平仄），
何以有羽翼（仄仄仄）。
恐非平生魂（平平平），
路远不可测（仄仄仄）。
魂来枫林青（平平平），
魂返关塞黑。
落月满屋梁，
犹疑照颜色（仄平仄）。
水深波浪阔，
无使蛟龙得。

韩碑　　李商隐

元和天子神武姿（平仄平），

彼何人哉轩与羲（平仄平）。

誓将上雪列圣耻（仄仄仄），

坐法宫中朝四夷（平仄平）。

淮西有贼五十载（仄仄仄），

封狼生貙貙生罴（平平平）。

不据山河据平地（仄平仄），

长戈利矛日可麾。

帝得圣相相曰度（仄仄仄），

贼斫不死神扶持（平平平）。

腰悬相印作都统（仄平仄），

阴风惨澹天王旗（平平平）。

愬武古通作牙爪（仄平仄），

仪曹外郎载笔随。

行军司马智且勇（仄仄仄），

十四万众犹虎貔（平仄平）。

入蔡缚贼献太庙（仄仄仄），

功无与让恩不訾[①]（平仄平）。
帝曰"汝度功第一，
汝从事愈宜为辞"（平平平）。
愈拜稽首蹈且舞（仄仄仄），
"金石刻画臣能为（平平平）。
古者世称大手笔（仄仄仄），
此事不系于职司（平仄平）。
当仁自古有不让"（仄仄仄），
言讫屡颔天子颐（平仄平）。
公退斋戒坐小阁（仄仄仄），
濡染大笔何淋漓（平平平）。
点窜尧典舜典字（仄仄仄），
涂改清庙生民诗（平平平）。
文成破体书在纸，
清晨再拜铺丹墀（平平平）。
表曰"臣愈昧死上"（仄仄仄），
咏神圣功书之碑（平平平）。
碑高三丈字如斗（仄平仄），

① "訾"，读如"资"（zī），平声。

负以灵鳌蟠以螭（平仄平）。

句奇语重喻者少（仄仄仄），

谗之天子言其私（平平平）。

长绳百尺拽碑倒（仄平仄），

粗沙大石相磨治（平平平）[1]。

公之斯文若元气（仄平仄），

先时已入人肝脾（平平平）。

汤盘孔鼎有述作（仄仄仄），

今无其器存其辞（平平平）。

呜呼圣皇及圣相（仄仄仄），

相与烜赫流淳熙（平平平）。

公之斯文不示后（仄仄仄），

曷与三五相攀追（平平平）？

愿书万本诵万遍（仄仄仄），

口角流沫右手胝。

传之七十有二代（仄仄仄），

以为封禅玉检明堂基（平平平）。

---

①“治”读如“持”（chí），平声。

在四种三字脚当中，最常见的是平平平，叫做“三平调”。三平调是古体诗的典型。上面所举李白诗中的“随人归”、“开荆扉”、“吟松风”、“河星稀”，杜甫诗中的“平生魂”、“枫林青”，李商隐诗中的“貙生罴”、“神扶持”、“天王旗”、“宜为辞”、“臣能为”、“何淋漓”、“生民诗”、“铺丹墀”、“书之碑”、“言其私”、“相磨治”、“人肝脾”、“存其辞”、“流淳熙”、“相攀追”、“明堂基”等，都是三平调，可见不是偶然的。

拗句是古体诗的特点。[①]上面所举李白诗中的“暮从碧山下”、“相携及田家”、“青萝拂行衣”、“美酒聊共挥”、“长歌吟松风”、“我醉君复乐”、“陶然共忘机”，杜甫诗中的“生别长恻恻”、“何以有羽翼”、“恐非平生魂”、“路远不可测”、“魂来枫林青”、“魂返关塞黑”、“落月满屋梁”，李商隐诗中的“元和天子神武姿”、“彼何人哉轩与羲”、“誓将上雪列圣耻”、“淮西有贼五十载”、“封狼生貙貙生罴”、“长戈利矛日可麾”等，都是拗句。

---

① 古体诗无所谓“拗句”。这里所谓“拗句”，指非律句。

凡诗，如果全篇用拗句，或者大部分用拗句同时运用仄韵，即使句数、字数与律诗相同（五言四十字，七言五十六字），也应该认为是古体诗。例如：

望岳　　杜　甫

岱宗夫如何（拗），齐鲁青未了（拗）。
造化钟神秀，　　阴阳割昏晓。
荡胸生曾云（拗），决眦入归鸟。
会当凌绝顶，　　一览众山小。

有些古体诗也讲究对和黏。当然，古体诗的对和黏，只能以每句的第二字为准，因为有许多拗句，第四字（七言还有第六字）就不能有对和黏了。例如上面所举杜甫《望岳》，“鲁”与“宗”是对，“化”与“鲁”是黏，“阳”与“化”是对，“胸”与“阳”是黏，“眦”与“胸”是对，“览”与“当”是对。但这种对和黏不是硬性规定的，例如杜甫《望岳》第七句的“当”（平声）和第六句的“眦”（仄声）就不黏。下面举出一首完全黏对的古体诗。

宿业师山房待丁大不至　　孟浩然

夕阳度西岭，　群壑倏已暝（对）。
松月生夜凉（黏），风泉满清听（对）。
樵人归欲尽（黏），烟鸟栖初定（对）。
之子期宿来（黏），孤琴候萝径（对）。

总的说来，古体诗不讲黏对的较多。讲黏对的古体诗，大约是受今体诗格律的影响。

第八节　入律的古风

上文说过，古体诗的平仄和今体诗的平仄不同。但是，有一种古体诗用的今体诗的平仄，叫做“入律的古风”。入律的古风有三个特点：

（一）全诗用律句或基本上用律句（通常是七言）；

（二）换韵，而且往往是平仄韵交替；

（三）往往是四句一换韵，换韵后第一句入韵，全诗好像是许多首七绝的组合。

例如：

桃源行　　王　维

渔舟逐水爱山春（律），
两岸桃花夹古津（律）。
坐看红树不知远（律），
行尽青溪忽值人（律）。
山口潜行始隈隩（律）[1]，
山开旷望旋平陆（律）。
遥看一处攒云树（律），
近入千家散花竹（律）。
樵客初传汉姓名（律），
居人未改秦衣服（律）。
居人共住武陵源（律），
还从物外起田园（律）。
月明松下房栊静（律），
日出云中鸡犬喧（律）。
惊闻俗客争来集（律），

---

①“山口”句、“近入”句、“竞引”句、“峡里”句、“出洞”句为特定变格㊄仄平平仄平仄，也算律句。

竞引还家问都邑（律）。
平明闾巷扫花开（律），
薄暮渔樵乘水入（律）。
初因避地去人间（律），
及至成仙遂不还（律））。
峡里谁知有人事（律），
世中遥望空云山（律）。
不疑灵境难闻见（律），
尘心未尽思乡县（律）。
出洞无论隔山水（律），
辞家终拟长游衍（律）。
自谓经过旧不迷（律），
安知峰壑今来变（律）。
当时只记入山深（律），
青溪几度到云林（律）。
春来遍是桃花水（律），
不辨仙源何处寻（律）。

（“看”读kān，“论”读lún，“过”读guō。）

白居易的《长恨歌》、《琵琶行》，元稹的《连昌宫词》

等，属于入律的古风一类。这里为篇幅所限，不具引。

第九节　古绝

绝句起源于律诗之前。唐以前的绝句不讲平仄，也可以押仄韵。唐以后，诗人们也写这种绝句。后人把今体的绝句称为“律绝”，古体的绝句称为“古绝”。古绝多用拗句，有些古绝还用仄韵。例如：

（一）平韵古绝：

静夜思　　李　白

床前明月光，　　疑是地上霜（拗）。
举头望明月（失黏），低头思故乡（失对）。

怨情　　李　白

美人卷珠帘（拗），深坐颦蛾眉（三平调）。
但见泪痕湿，　　不知心恨谁。

（二）仄韵古绝：

送崔九　　裴　迪

归山深浅去，须尽邱壑美（拗）。
莫学武陵人，暂游桃源里（拗）。

喜雨　　孟　郊

朝见一片云（拗），暮成千里雨。
凄清湿高枝（拗），散漫沾荒土。

有些绝句，用的是仄韵，但是全诗用律句，或者用律诗容许的变格和拗救。这种绝句的性质在古绝和律绝之间。例如：

鹿柴　　王　维

空山不见人（律），但闻人语响（律）。
返景入深林（律），复照青苔上（律）。

春晓　　孟浩然

春眠不觉晓（律变），　处处闻啼鸟（律）。
夜来风雨声（孤平拗救），花落知多少（律）？

江雪　柳宗元

千山鸟飞绝（律变），万径人踪灭（律）。
孤舟蓑笠翁（律变），独钓寒江雪（律）。

由此看来，古绝和律绝的界限是不很清楚的。

第四章　对仗

第一节　今体诗的对仗

对仗，指的是出句和对句的词义成为对偶，如“天”对“地”，“风”对“雨”，“长”对“短”，“来”对“去”，等等。拿今天的语法术语来说，就是名词对名词，代词对代词，形容词对形容词，动词对动词[①]，副词对副词。

律诗的对仗，一般用在中两联，即颔联和颈联。例如：

秋日赴阙题潼关驿楼　　许　浑

红叶晚萧萧，长亭酒一瓢。
残云归太华，疏雨过中条。（“华”读 huà）

① 有时候，动词（特别是不及物动词）可以对形容词。

树色随关迥，河声入海遥。

帝乡明日到，犹自梦渔樵。

（“残”、“疏”，形容词；“云”、“雨”，名词；“归”、“过”，动词；“太华”、“中条”，专名。“树”、“河”，名词；“色”、“声”，名词；“随”、“入”，动词；“关”、“海”，名词；“迥”、“遥”，形容词。）

无题　　李商隐

飒飒东风细雨来，芙蓉塘外有轻雷。

金蟾啮锁烧香入，玉虎牵丝汲井回。

贾氏窥帘韩掾少，宓妃留枕魏王才。

春心莫共花争发，一寸相思一寸灰。

（“金蟾”、“玉虎”、“香”、“井”，名词；“啮”、“牵”，“烧”、“汲”，“入”、“回”，动词。“贾氏”、“宓妃”，“韩掾”、“魏王”，“帘”、“枕”，名词；“窥”、“留”，动词；“少”、“才”，形容词。）

对仗可以多到三联，即首联、颔联、颈联都用对仗。例如：

登岳阳楼　　杜　甫

昔闻洞庭水，今上岳阳楼。
吴楚东南坼，乾坤日夜浮。
亲朋无一字，老病有孤舟。
戎马关山北，凭轩涕泗流。

黄州　　陆　游

局促常悲类楚囚，迁流还叹学齐优。
江声不尽英雄恨，天意无私草木秋。
万里羁愁添白发，一帆寒日过黄州。
君看赤壁终陈迹，生子何须似仲谋？

（“看”读kān）

也可以少到一联，即颔联不用对仗，只在颈联用对仗。这种情况比较罕见。另有一种情况，即在首联、颈联都用对仗，而在颔联不用。例如：

送杜少府之任蜀州　　王　勃

城阙辅三秦，风烟望五津。

与君离别意，同是宦游人。
海内存知己，天涯若比邻。
无为在歧路，儿女共沾巾。

尾联一般不用对仗，只有少数例外。例如：

闻官军收河南河北　　杜　甫

剑外忽传收蓟北，初闻涕泪满衣裳。
却看妻子愁何在？漫卷诗书喜欲狂。
白日放歌须纵酒，青春作伴好还乡。
即从巴峡穿巫峡，便下襄阳向洛阳。

绝句可以不用对仗。如果用，就用在首联。例如：

何满子　　张　祜

故国三千里，深宫二十年。
一声何满子，双泪落君前。

夜上受降城闻笛　　李　益

回乐峰前沙似雪，受降城外月如霜。

不知何处吹芦管，一夜征人尽望乡。

也有首尾两联都用对仗，不过比较少见。例如：

登鹳雀楼　　王之涣

白日依山尽，黄河入海流。
欲穷千里目，更上一层楼。

绝句　　杜　甫

两个黄鹂鸣翠柳，一行白鹭上青天。
窗含西岭千秋雪，门泊东吴万里船。

长律（常见的是五言长律）除首尾两联不用对仗以外，其余各联都用对仗。由于联联排比，所以长律又称排律。上文第一章所举张巡的《守睢阳诗》，第二章第二节所举钱起的《湘灵鼓瑟》，都是长律的例子。这里不另举例了。

律诗有三种特殊的对仗，值得注意。第一种是数目对；第二种是颜色对；第三种是方位对。分别举例如下：

（一）数目对，例如：

楚塞三湘接，荆门九派通。

（王维《汉江临眺》）

城阙辅三秦，风烟望五津。

（王勃《送杜少府之任蜀州》）

潮平两岸阔，风正一帆悬。

（王湾《次北固山下》）

烽火连三月，家书抵万金。

（杜甫《春望》）

势分三足鼎，业复五铢钱。

（刘禹锡《蜀先主庙》）

五更疏欲断，一树碧无情。

（李商隐《蝉》）

万里悲秋常作客，百年多病独登台。

（杜甫《登高》）

三峡楼台淹日月，五溪衣服共云山。

（杜甫《咏怀古迹》）

千寻铁锁沉江底，一片降幡出石头。

（刘禹锡《西塞山怀古》）

吊影分为千里雁，辞根散作九秋蓬。

（白居易《自河南经乱，关内阻饥，兄弟离散，各在一方，因望月有感，聊书所怀》）

万里寒光生积雪，三边曙色动危旌。

（祖咏《望蓟门》）

（二）颜色对，例如：

客路青山外，行舟绿水前。

（王湾《次北固山下》）

红颜弃轩冕，白首卧松云。

（李白《赠孟浩然》）

白云回望合，青霭入看无。

（王维《终南山》）

绿树村边合，青山郭外斜。

（孟浩然《过故人庄》）

白日放歌须纵酒，青春作伴好还乡。

（杜甫《闻官军收河南河北》）

一去紫台连朔漠，独留青冢向黄昏。

（杜甫《咏怀古迹》）

（三）方位对，例如：

青山横北郭，白水绕东城。

（李白《送友人》）

北极朝廷终不改，西山寇盗莫相侵。

（杜甫《登楼》）

直北关山金鼓震，征西车马羽书驰。

（杜甫《秋兴八首》）

西望瑶池降王母，东来紫气满函关。

（杜甫《秋兴八首》）

名词又可以分为若干类，凡同类相对者，叫做工对。例如：

（一）天文类，例如：

月下飞天镜，云生结海楼。

（李白《渡荆门送别》）

浮云游子意，落日故人情。

（李白《送友人》）

星临万户动，月傍九霄多。

（杜甫《春宿左省》）

露从今夜白，月是故乡明。

（杜甫《月夜忆舍弟》）

星垂平野阔，月涌大江流。

（杜甫《旅夜书怀》）

惊风乱飐芙蓉水，密雨斜侵薜荔墙。

（柳宗元《登柳州城楼寄漳汀封连四州》）

玉玺不缘归日角，锦帆应是到天涯。

（李商隐《隋宫》）

（二）地理类，例如：

分野中峰变，阴晴众壑殊。

（王维《终南山》）

海日生残夜，江春入旧年。

（王湾《次北固山下》）

山随平野尽，江入大荒流。

（李白《渡荆门送别》）

树色随关迥，河声入海遥。

（许浑《秋日赴阙题潼关驿楼》）

锦江春色来天地，玉垒浮云变古今。

（杜甫《登楼》）

沧海月明珠有泪，蓝田日暖玉生烟。

（李商隐《锦瑟》）

岭树重遮千里目，江流曲似九回肠。

（柳宗元《登柳州城楼寄漳汀封连四州》）

（三）时令类，例如：

晓战随金鼓，宵眠抱玉鞍。

（李白《塞下曲》）

几时杯重把，昨夜月同行。

（杜甫《奉济驿重送严公四韵》）

画图省识春风面，环佩空归夜月魂。

（杜甫《咏怀古迹》。按，“夜月”一般多作“月夜”。）

晓镜但愁云鬓改，夜吟应觉月光寒。

（李商隐《无题》）

（四）动物类，例如：

草枯鹰眼疾，雪尽马蹄轻。

（王维《观猎》）

云移雉尾开宫扇，日绕龙鳞识圣颜。

（杜甫《秋兴八首》）

金蟾啮锁烧香入，玉虎牵丝汲井回。

（李商隐《无题》）

庄生晓梦迷蝴蝶，望帝春心托杜鹃。

（李商隐《锦瑟》）

（五）植物类，例如：

退朝花底散，归院柳边迷。

（杜甫《晚出左掖》）

秋草独寻人去后，寒林空见日斜时。

（刘长卿《长沙过贾谊宅》）

风波不信菱枝弱，月露谁教桂叶香。

（李商隐《无题》）

野桃含笑竹篱短，溪柳自摇沙水清。

（苏轼《新城道中》）

此外还有人伦类、身体类、宫室类、服饰类、器用类，等等，不一一举例了。

名词不同类而相对，叫做宽对。例如：

青菰临水拔，白鸟向山翻。

（王维《辋川闲居》）

（“菰”对“鸟”，植物对动物。）

树深时见鹿，溪午不闻钟。

（李白《访戴天山道士不遇》）

（“树”对“溪”，植物对地理；“鹿”对“钟”，动物对器用。）

玉桃偷得怜方朔，金屋修成贮阿娇。

（李商隐《茂陵》）

（“桃”对“屋”，植物对宫室。）

岭上晴云披絮帽，树头初日挂铜钲。

（苏轼《新城道中》）

（“岭”对“树”，地理对植物；“帽”对“钲”，服饰对器用。）

有一种对仗，一个词有两个不同的意义，诗人在诗中用的是甲义，但实际是借用乙义与另一词成为工对，这叫做借对。例如：

少年曾任侠，晚节更为儒。

（王维《崔录事》）

（年节的“节”借为节操的“节”）

飘零为客久，衰老羡君还。

（杜甫《涪江泛舟送韦班归京》）

（君臣的“君”借为代名词的“君”）

白法调狂象，玄言问老龙。

（王维《黎拾遗昕裴迪见过秋夜对雨之作》）

（黑色的“玄”借为玄妙的“玄”）

另一种借对是借音。例如：

野日荒荒白，春流泯泯清。

（杜甫《漫成》）

（借“清”为“青”）

寄身且喜沧洲近，顾影无如白发何。

（刘长卿《江州重别薛六》）

（借“沧”为“苍”）

对仗，一般是上联一句，下联一句，各自独立的。但是，也有一种对仗，是上下联合成一句，上联不能独立成句的，叫做流水对。例如：

海内存知己，天涯若比邻。

（王勃《送杜少府之任蜀州》）

玉玺不缘归日角，锦帆应是到天涯。

（李商隐《隋宫》）

即从巴峡穿巫峡，便下襄阳向洛阳。

（杜甫《闻官军收河南河北》）

写诗不应该片面地要求工对，因为过于纤巧，反而束缚思想。一般地说，宋诗不及唐诗，其中一个原因，就是宋诗往往比唐诗纤巧。

第二节　古体诗的对仗

古体诗可以完全不用对仗。有时候，为了修辞的需要，可以用一些对仗。对仗用在什么地方都可以。例如：

前出塞（其六）　　杜　甫

挽弓当挽强，用箭当用长。
射人先射马，擒贼先擒王。
杀人亦有限，立国自有疆。
苟能制侵陵，岂在多杀伤？

凶宅　　白居易

长安多大宅，列在街西东。
往往朱门内，房廊相对空。
枭鸣松桂枝，狐藏兰菊丛。
苍苔黄叶地，日暮多旋风。
前主为将相，得罪窜巴庸。
后主为公卿，寝疾殁其中。
连延四五主，殃祸叠相重。

自从十年来，不利主人翁。
风雨坏檐隙，蛇鼠穿墙墉。
人疑不敢买，日毁土木功。
嗟嗟俗人心，甚矣其愚蒙！
但恐灾将至，不思祸所从。
我今题此诗，欲悟迷者胸。
凡为大官人，年禄多高崇。
权重持难久，位高势易穷。
骄者势之盈，老者数之终。
四者如寇盗，日夜来相攻。
假使居吉土，孰能保其躬？
因小以明大，借家可喻邦。
周秦宅崤函，其宅非不同。
一兴八百年，一死望夷宫。
寄语家与国，人凶非宅凶。

田家　　聂夷中

父耕原上田，子劚山下荒。
六月禾未秀，官家已修仓。
二月卖新丝，五月粜新谷。

医得眼前疮，剜却心头肉。
我愿君王心，化作光明烛。
不照绮罗筵，只照逃亡屋。

宣州谢朓楼饯别校书叔云　　李　白

弃我去者昨日之日不可留，
乱我心者今日之日多烦忧①。
长风万里送秋雁，对此可以酣高楼。
蓬莱文章建安骨，中间小谢又清发。
俱怀逸兴壮思飞，欲上青天览明月。
抽刀断水水更流，举杯销愁愁更愁。
人生在世不称意，明朝散发弄扁舟。

古体诗的对仗和今体诗不同。第一，今体诗（律诗）的对仗，出句与对句不能同字；古体诗的对仗，出句与对句可以（而且常常）同字。例如上文所举杜甫的“挽弓当挽强，用箭当用长”、“射人先射马，擒贼先擒王”，白居易的“骄者势之盈，老者数之终”，聂夷中的“二月卖新丝，

① 此联是半对半不对。

五月粜新谷”、“不照绮罗筵，只照逃亡屋”，李白的“抽刀断水水更流，举杯销愁愁更愁”。第二，今体诗的对仗必须是平对仄，仄对平，否则是失对；古体诗可以是平对平，仄对仄。例如上文所举白居易的“枭鸣松桂枝，狐藏兰菊丛”、“风雨坏檐隙，蛇鼠穿墙墉”，聂夷中的“医得眼前疮，剜却心头肉”。总之，古体诗的对仗是很自由的。

卷下 词

第五章　词牌和词谱

词起源于唐代，盛行于宋代。词是从诗发展来的，所以又叫做“诗余”。词的特点是长短句，所以有人把词叫做“长短句”。

按照字数多少，词可以分为三大类：五十八字以内为小令；五十九字至九十字为中调；九十一字以上为长调。

按照词的段落，词可以分为四类：（一）不分段，称为单调，往往是小令；（二）分为前后两段，又叫前阕、后阕，称为双调；（三）分为三段，称为三叠；（四）分为四段，叫做四叠。双调最为常见，其次是小令；三叠、四叠罕用。

词有词牌，如《菩萨蛮》、《忆秦娥》等。词牌并不就是题目[①]，它们只表示某词的平仄、字数、句数、韵脚等。后人

① 可能最初是题目，但后来填词的人只把它当做词谱看待，不再是题目了。

把每一词牌的平仄、字数、句数、韵脚标示出来，成为词谱。按照词谱写词，叫做“填词”。

现在把常见的一些词牌和词谱列举于后：

1. 菩萨蛮（双调44字）　　李　白[①]

㊉平㊀仄平平仄（仄韵），
平林漠漠烟如织，
㊉平㊀仄平平仄（协）。
寒山一带伤心碧。
㊀仄仄平平（换平韵），
暝色入高楼，
㊀平平仄平[②]（协）。
有人楼上愁。

㊉平平仄仄（三换仄韵），
玉阶空伫立，
㊀仄平平仄（协）。

① 是否为李白所作，有疑义。下文《忆秦娥》亦同。
② 注意：第三字必平，后阕末句同。近代有人用律句平平仄仄平。

宿鸟归飞急。
⊗仄仄平平（四换平韵），
何处是归程？
⊗平平仄平（协），
长亭连短亭。

2. 忆秦娥（双调46字） 李白

平⊕仄，
箫声咽，
⊕平⊗仄平平仄。
秦娥梦断秦楼月。
平平仄（叠三字），
秦楼月，
⊕平⊗仄，
年年柳色，
仄平平仄（协）。
灞陵伤别。

⊕平⊗仄平平仄，
乐游原上清秋节，

㊣平㊁仄平平仄。
咸阳古道音尘绝。
平平仄（叠三字），
音尘绝，
㊣平㊁仄，
西风残照，
仄平平仄。
汉家陵阙。（此调多用入声韵）

3. 忆江南（单调27字。又名望江南、江南好） 李 煜

平㊁仄，
多少恨，
㊁仄仄平平。
昨夜月明中。
㊁仄㊣平平仄仄，
还似旧时游上苑，
㊣平㊁仄仄平平。
车如流水马如龙。
㊁仄仄平平。
花月正春风。

4. 浪淘沙(双调54字)　　李　煜

(仄)仄仄平平，

帘外雨潺潺，

(仄)仄平平。

春意阑珊。

(平)平(仄)仄仄平平。

罗衾不耐五更寒。

(仄)仄(平)平平仄仄，

梦里不知身是客，

(仄)仄平平。

一晌贪欢。

(仄)仄仄平平，

独自莫凭栏，

(仄)仄平平。

无限江山。

(平)平(仄)仄仄平平。

别时容易见时难。

(仄)仄(平)平平仄仄，

流水落花春去也，
⊗仄平平。
天上人间。（前后阕同）

5. 渔家傲（双调62字）　　范仲淹

⊗仄⊕平平仄仄，
塞下秋来风景异，
⊕平⊗仄平平仄。
衡阳雁去无留意。
⊗仄⊕平平仄仄。
四面边声连角起。
平⊗仄，
千嶂里，
⊕平⊗仄平平仄。
长烟落日孤城闭。

⊗仄⊕平平仄仄，
浊酒一杯家万里，
⊕平⊗仄平平仄。
燕然未勒归无计。

㊅仄㊉平平仄仄。
羌管悠悠霜满地。
平㊅仄，
人不寐，
㊉平㊅仄平平仄。
将军白发征夫泪。（前后阕同）

6. 浣溪沙（双调42字）　　晏　殊

㊅仄平平仄仄平，
一曲新词酒一杯，
㊉平㊅仄仄平平。
去年天气旧亭台。
㊉平㊅仄仄平平？
夕阳西下几时回？

㊅仄㊉平平仄仄，
无可奈何花落去，
㊉平㊅仄仄平平。
似曾相识燕归来。
㊉平㊅仄仄平平。

小园香径独徘徊。（后阕头两句常用对仗）

7. 临江仙（双调60字）

夜归临皋　　苏　轼

㊀仄㊥平平仄仄，
夜饮东坡醒复醉，
㊥平㊀仄平平。
归来仿佛三更。
㊥平㊀仄仄平平。
家童鼻息已雷鸣。
㊥平平仄仄，
敲门都不应，
㊀仄仄平平。
倚杖听江声。

㊀仄㊥平平仄仄，
长恨此身非我有，
㊥平㊀仄平平？
何时忘却营营？
㊥平㊀仄仄平平。

夜阑风静縠纹平。

(平)平平仄仄，

小舟从此逝，

(仄)仄仄平平。

江海寄馀生。（前后阕同）

8. 念奴娇（双调100字）

赤壁怀古　　苏　轼

(仄)平平仄，

大江东去，

仄(平)仄、(平)仄(平)平平仄。

浪淘尽、千古风流人物。

(仄)仄(平)平平仄仄，

故垒西边人道是，

(仄)仄平平(仄)仄。

三国周郎赤壁。

(仄)仄平平，

乱石穿空，

(平)平(仄)仄，

惊涛拍岸，

⊗仄平平仄。
卷起千堆雪。
⊗平平仄,
江山如画,
⊗平平仄平仄?
一时多少豪杰?

㊉仄㊉仄平平,(或㊉平⊗仄平平)
遥想公瑾当年,
⊗平平仄仄,
小乔初嫁了,
⊗平平仄[1]。
雄姿英发。
⊗仄㊉平平仄仄,
羽扇纶巾谈笑处[2],
⊗仄㊉平平仄。
樯橹灰飞烟灭。

---

① 这两句,一般作前四后五,即平平⊗仄,⊗仄平平仄。如陈亮《念奴娇·登多景楼》:“登高怀远,也学英雄涕。”

② 一本作“羽扇纶巾,谈笑间”,今依《词律》。

(仄)仄平平，
故国神游，
(平)平(仄)仄，
多情应笑，
(仄)仄平平仄。
我早生华发。
(仄)平平仄，
人生如梦，
(仄)平平仄平仄。
一樽还酹江月。（此调一般用入声韵）

9. 桂枝香（双调 101 字）

金陵怀古　　王安石

平平仄仄。
登临送目。
仄仄仄(仄)平，
正故国晚秋，
(仄)(平)平仄。
天气初肃。
(仄)仄平平(仄)仄，

千里澄江似练，

仄平平仄。

翠峰如簇。

(平)平(仄)仄平平仄，

征帆去棹残阳里，

仄平平、(仄)平平仄。

背西风、酒旗斜矗。

仄平平仄，

彩舟云淡，

(仄)平(平)仄，

星河鹭起，

仄平平仄。

画图难足。

仄(仄)仄、平平仄仄。

念往昔、繁华竞逐。

仄(仄)仄平平，

叹门外楼头，

(平)(仄)平仄。

悲恨相续。

㊀仄平平㊀仄，

千古凭高对此，

仄平平仄。

谩嗟荣辱。

㊉平㊀仄平平仄，

六朝旧事随流水，

仄平平、㊉仄平仄。

但寒烟、衰草凝绿。

仄平平仄，

至今商女，

㊉平㊀仄，

时时犹唱，

仄平平仄。

后庭遗曲。

10. 蝶恋花（双调60字，又名鹊踏枝）　　冯延巳①

㊀仄㊉平平仄仄。

六曲阑干偎碧树。

---

① 是否为冯延巳作，有疑义。

㊀仄平平，
杨柳风轻，
㊀仄平平仄。
展尽黄金缕。
㊀仄㊥平平仄仄？
谁把钿筝移玉柱？
㊥平㊀仄平平仄。
穿帘燕子双飞去[1]。
㊀仄㊥平平仄仄。
满眼游丝兼落絮。
㊀仄平平，
红杏开时，
㊀仄平平仄，
一霎清明雨。
㊀仄㊥平平仄仄，
浓睡觉来莺乱语，
㊥平㊀仄平平仄。
惊残好梦无寻处。（前后阕同）

---

① “燕子”，一作“海燕”。

11. 卜算子（双调 44 字）

咏梅　　陆　游

㊉仄仄平平，

驿外断桥边，

㊉仄平平仄。

寂寞开无主。

㊉仄平平仄仄平，

已是黄昏独自愁，

㊉仄平平仄。

更著风和雨。

㊉仄仄平平，

无意苦争春，

㊉仄平平仄。

一任群芳妒。

㊉仄平平仄仄平，

零落成泥碾作尘，

㊉仄平平仄。

只有香如故。（前后阕同）

12. 水调歌头（双调95字）　　苏　轼

丙辰中秋，欢饮达旦，大醉，作此篇，兼怀子由。

⑫仄㊉平仄？
明月几时有？
⑫仄仄平平。
把酒问青天。
㊉平⑫仄㊉仄⑫仄仄平平[1]。
不知天上宫阙今夕是何年。
⑫仄㊉平㊉仄，
我欲乘风归去，
⑫仄平平㊉仄，
又恐琼楼玉宇[2]，
⑫仄仄平平。
高处不胜寒。

---

① 此句可以是上六下五，如这里的“不知天上宫阙，今夕是何年”。也可以是上四下七，如陈亮《水调歌头》的“当场只手，毕竟还我万夫雄”。

② 万树《词律》说，这里“玉”字读作平声。他的意见是对的。

(仄)仄(平)平仄，
起舞弄清影，
(仄)仄仄平平？
何似在人间？

(平)(平)(仄)，
转朱阁，
(平)(平)仄，
低绮户，
仄平平。
照无眠。
(平)平(仄)仄，
不应有恨，
(平)仄(仄)仄仄平平①？
何事常向别时圆？
(仄)仄(平)平(平)仄，
人有悲欢离合，
(仄)仄平平(平)仄，

---

① 这两句也可以作(仄)仄(平)平仄仄，(仄)仄仄平平。

月有阴晴圆缺，
㊀仄仄平平。
此事古难全。
㊀仄㊉平仄，
但愿人长久，
㊀仄仄平平。
千里共婵娟。

13. 西江月（双调50字）

夜行黄沙道中　　辛弃疾

㊀仄㊉平㊀仄，
明月别枝惊鹊，
㊉平㊀仄平平。
清风半夜鸣蝉。
㊉平㊀仄仄平平，
稻花香里说丰年，
㊀仄㊉平㊀仄（换仄协）[1]。
听取蛙声一片。

---

① 所谓“换仄协”，是说和前面韵脚的韵母相同，只是从平声韵改为仄声韵。

(仄)仄(平)平(仄)仄，

七八个星天外，

(平)平(仄)仄平平。

两三点雨山前。

(平)平(仄)仄仄平平，

旧时茅店社林边，

(仄)仄(平)平(仄)仄（换仄协）。

路转溪桥忽见①。

（前后阕同。前后阕头两句用对仗。）

14. 鹧鸪天（双调55字） 秦 观

(仄)仄平平(仄)仄平，

枕上流莺和泪闻，

(平)平(仄)仄仄平平。

新啼痕间旧啼痕。

(平)平(仄)仄平平仄，

一春鱼鸟无消息，

---

①“桥”，一作“头”。

㊀仄平平㊀仄平。

千里关山劳梦魂。

平仄仄，

无一语，

仄平平。

对芳樽。

㊉平㊀仄仄平平。

安排肠断到黄昏。

㊉平㊀仄平平仄，

甫能炙得灯儿了，

㊀仄平平㊀仄平。

雨打梨花深闭门。

15. 清平乐（双调46字）

村居　　辛弃疾

㊀平㊉仄，

茅檐低小，

㊀仄平平仄。

溪上青青草。

⑫仄㊥平平仄仄，
醉里吴音相媚好，
⑫仄㊥平㊥仄。
白发谁家翁媪。

㊥平⑫仄平平，
大儿锄豆溪东，
㊥平⑫仄平平，
中儿正织鸡笼，
⑫仄㊥平⑫仄，
最喜小儿无赖，
㊥平⑫仄平平。
溪头卧剥莲蓬。（后阕换平声韵）

16. 如梦令（单调33字）　　李清照

⑫仄⑫平平仄，
昨夜雨疏风骤，
⑫仄⑫平平仄。
浓睡不消残酒。
⑫仄仄平平，

试问卷帘人，

㊀仄㊀平平仄。

却道“海棠依旧”。

平仄？

知否？

平仄（叠句）？

知否？

㊀仄㊀平平仄。

应是绿肥红瘦。

17. 诉衷情（双调44字）　　陆　游

㊥平㊀仄仄平平，

当年万里觅封侯，

㊀仄仄平平。

匹马戍梁州。

㊥平㊀仄平仄？

关河梦断何处？

㊀仄仄平平[1]。

尘暗旧貂裘。

平仄仄，

胡未灭，

仄平平，

鬓先秋，

仄平平。

泪空流。

㊀平平仄，

此生谁料，

㊀仄平平，

心在天山，

㊀仄平平。

身老沧洲。

18. 十六字令（单调16字）　　蔡　伸

平，

---

① 另一体作六字句，即㊀仄仄、仄平平。

天，

㊀仄平平仄仄平。

休使圆蟾照客眠！

平平仄，

人何在？

㊀仄仄平平。

桂影自婵娟。

19. 减字木兰花（双调44字）　　吕渭老

㊥平㊀仄，

雨帘高卷，

㊀仄㊥平平仄仄。

芳树阴阴连别馆。

㊀仄平平（换平韵），

凉气侵楼，

㊀仄平平㊀仄平。

蕉叶荷枝各自秋。

㊥平㊀仄（三换仄韵），

前溪夜舞，

⊗仄⊕平平仄仄。
化作惊鸿留不住。
⊗仄平平（四换平韵），
愁损腰肢，
⊗仄平平⊗仄平。
一桁香销旧舞衣。（每两句一换韵）

20. 贺新郎（双调116字，又名金缕曲）

寄李伯纪丞相　　张元干

⊗仄平平仄，
曳杖危楼去，
仄平平、⊕平仄仄，
斗垂天、沧波万顷，
仄平平仄。
月流烟渚。
⊗仄⊕平平仄仄，
扫尽浮云风不定，
⊗仄平平仄仄。
未放扁舟夜渡。
⊗仄仄、平平平仄。

宿雁落、寒芦深处。
㊀仄㊁平平仄仄，
怅望关河空吊影，
仄平平、㊀仄平平仄。
正人间、鼻息鸣鼍鼓。
平仄仄、仄平仄？
谁伴我、醉中舞？

㊁平㊀仄平平仄，
十年一梦扬州路，
仄平平、㊁平仄仄，
倚高寒、愁生故国，
仄平平仄。
气吞骄虏。
㊀仄㊁平平仄仄，
要斩楼兰三尺剑，
㊀仄平平㊀仄。
遗恨琵琶旧语。
㊀仄仄、平平平仄。
谩暗涩、铜华尘土。

⑭仄㊥平平⑭仄，
唤取谪仙平章看，
仄平平、⑭仄平平仄？
过苕溪、尚许垂纶否？
平仄仄、仄平仄。
风浩荡、欲轻举。

21. 齐天乐（双调102字）

蝉　　王沂孙

仄平平仄平平仄，
一襟余恨宫魂断，
平平仄平平仄。
年年翠阴庭树。
⑭仄平平，
乍咽凉柯，
㊥平⑭仄，
还移暗叶，
⑭仄平平⑭仄。
重把离愁深诉。
㊥平⑭仄。

西窗过雨。
仄㊀仄平平，
怪瑶佩流空，
仄平平仄。
玉筝调柱。
㊀仄平平，
镜暗妆残，
仄平平仄仄平仄？
为谁娇鬓尚如许？

㊥平平仄平仄，
铜仙铅泪如洗，
仄㊥平仄仄，
叹移盘去远，
平仄平仄。
难贮零露。
㊀仄平平，
病翼惊秋，
㊥平㊀仄，
枯形阅世，

㊀仄平平㊀仄？

消得斜阳几度？

㊉平仄仄。

余音更苦。

仄㊀仄平平，

甚独抱清商，

仄平平仄。

顿成凄楚。

㊀仄平平，

谩想薰风，

㊉平平仄仄。

柳丝千万缕。

22. 沁园春（双调 114 字）

有感　　　陆　游

㊀仄平平，

孤鹤归飞，

㊀仄平平，

再过辽天，

仄仄仄平。

换尽旧人。
仄(平)平(仄)仄，
念累累枯冢，
(平)平(仄)仄，
茫茫梦境，
(平)平(仄)仄，
王侯蝼蚁，
(仄)仄平平。
毕竟成尘。
(仄)仄平平，
载酒园林，
(平)平(仄)仄，
寻花巷陌，
(仄)仄平平(仄)仄平？
当日何曾轻负春？
平平仄，
流年改，
仄(平)平(仄)仄，
叹围腰带剩，
(仄)仄平平。

点鬓霜新。

平平㊀仄平平。
交亲散落如云①。
㊀㊀仄、平平㊉仄平！
又岂料、如今余此身！
仄㊀平㊉仄，
幸眼明身健，
㊉平㊀仄，
茶甘饭软，
㊉平㊀仄，
非惟我老，
㊀仄平平。
更有人贫。
㊀仄平平，
躲尽危机，
㊉平㊀仄，

①《词律》分为两句，即“交亲，散落如云”。认为“亲”字入韵。但是辛弃疾等人的《沁园春》都是六字句，第二字不押韵。所以这里不从《词律》。

消残壮志，

㊀仄平平㊀仄平。

短艇湖中闲采莼。

平㊉仄？

吾何恨？

仄㊉平㊀仄，

有渔翁共醉，

㊀仄平平。

溪友为邻。

23. 风入松（双调76字）

春园　　吴文英

㊉平㊀仄仄平平，

听风听雨过清明，

㊉仄仄平平。

愁草瘗花铭。

㊉平仄仄平平仄，

楼前绿暗分携路，

仄平㊉、仄仄平平。

一丝柳、一寸柔情。

㊀仄平平㊀仄，
料峭春寒中酒，
㊉平㊀仄平平。
交加晓梦啼莺。

㊉平㊀仄仄平平，
西园日日扫林亭，
㊉仄仄平平。
依旧赏新晴。
㊉平㊀仄平平仄，
黄蜂频扑秋千索，
仄平㊉、㊀仄平平。
有当时、纤手香凝。
㊉仄平平㊀仄，
惆怅双鸳不到，
㊉平㊀仄平平。
幽阶一夜苔生。

24. 一剪梅（双调60字）

舟过吴江　　　　蒋　捷

(仄)仄平平(仄)仄平。

一片春愁带酒浇①。

(仄)仄平平，

江上舟摇，

(仄)仄平平。

楼上帘招。

(平)平(仄)仄仄平平。

秋娘容与泰娘娇②。

(仄)仄平平，

风又飘飘，

(仄)仄平平。

雨又潇潇③。

(仄)仄平平(仄)仄平？

① 一作“待酒浇”。

② 一作“秋娘渡与泰娘桥”。

③ 一作“萧萧”。

何日云帆卸浦桥？①

㊀仄平平，

银字筝调，

㊀仄平平。

心字香烧。

㊥平㊀仄仄平平。

流光容易把人抛。

㊀仄平平，

红了樱桃，

㊀仄平平！

绿了芭蕉②！（前后阕同）

25. 满江红（双调93字）　岳　飞

㊀仄平平，

怒发冲冠，

㊥㊥仄、㊥平㊀仄。

凭阑处、潇潇雨歇。

① 一作“何日归家洗客袍？”

② 此调四处用对仗，在每一对仗中，第二字相同。

㊥㊀仄，㊀平平仄，
抬望眼，仰天长啸，
㊀平平仄。
壮怀激烈[①]。
㊀仄㊥平平仄仄，
三十功名尘与土，
㊥平㊀仄平平仄。
八千里路云和月。
仄㊀平、仄仄仄平平，
莫等闲、白了少年头，
平平仄。
空悲切。

仄㊥仄，
靖康耻，
平㊀仄。
犹未雪。
㊥㊀仄，

①“激”字入声作平声。

臣子恨，
平平仄？
何时灭？
㊀㊁平仄仄、仄平平仄。
驾长车踏破、贺兰山缺。
㊀仄㊁平平仄仄，
壮志饥餐胡虏肉，
㊁平㊀仄平平仄。
笑谈渴饮匈奴血。
仄㊁平、㊀仄仄平平，
待从头、收拾旧山河，
平平仄。
朝天阙。（此词一般用入声韵）

26. 采桑子（双调44字，又名丑奴儿）

别情　　　吕本中

㊁平㊀仄平平仄，
恨君不似江楼月，
㊀仄平平。
南北东西。

㊇仄平平（叠句），
南北东西，
㊇仄平平㊇仄平。
只有相随无别离。

㊥平㊇仄平平仄，
恨君却似江楼月，
㊇仄平平。
暂满还亏。
㊇仄平平（叠句）[1]，
暂满还亏，
㊇仄平平㊇仄平？
待到团圆是几时？（前后阕同）

① 此词前后阕都用叠句，也可以不叠。毛泽东《采桑子·重阳》前阕“岁岁重阳，今又重阳”，叠二字；后阕“不似春光，胜似春光”，叠三字，也是一种变化。

27. 生查子（双调40字）

元夕　　朱淑真[1]

(平)平(仄)仄平[2]，
去年元夜时，
(仄)仄平平仄。
花市灯如昼。
(仄)仄仄平平，
月上柳梢头，
(仄)仄平平仄。
人约黄昏后。

(平)平(仄)仄平，
今年元夜时，
(仄)仄平平仄。
月与灯依旧。
(仄)仄仄平平，

---

① 一说此词为欧阳修所作。

② 第一句不能犯孤平。如果第三字用仄，则第一字必平。后阕第一句同。

不见去年人，
㊀仄平平仄。
泪湿春衫袖。（前后阕同）

28. 点绛唇（双调41字）　　李清照

㊀仄平平，
蹴罢秋千，
㊉平㊀仄平平仄。
起来慵整纤纤手。
仄平平仄，
露浓花瘦，
㊀仄平平仄。
薄汗轻衣透。

㊀仄平平，
见有人来，
㊀仄平平仄。
袜刬金钗溜。
平平仄，
和羞走，

仄平平仄，

倚门回首，

㊀仄平平仄。

却把青梅嗅。

29. 永遇乐（双调104字）

京口北固亭怀古　　辛弃疾

㊀仄平平，

千古江山，

㊉平㊀仄、

英雄无觅[①]、

平仄平仄[②]。

孙仲谋处。

㊀仄平平，

舞榭歌台，

㊉平㊀仄、

风流总被、

① 依语法，这里不该断句；依词谱，这里该断句。下面“风流总被”句同。别人的词，这些地方都是断句的。

② 万树《词律》说第一字可仄，第二字可平，误。

(仄)仄平平仄。

雨打风吹去。

(平)平(仄)仄，

斜阳草树，

(平)平(仄)仄，

寻常巷陌，

(仄)仄仄平平仄。

人道寄奴曾住。

(仄)平(平)、(平)平(仄)仄，

想当年、金戈铁马，

(仄)(平)仄(仄)平仄。

气吞万里如虎。

(平)平(仄)仄，

元嘉草草，

(平)平平仄，

封狼居胥①，

(仄)仄平平(仄)仄。

---

①“胥”字读上声。

赢得仓皇北顾。
⑥仄平平，
四十三年，
⑥平㊉仄，
望中犹记，
㊉仄平平仄。
烽火扬州路。
⑥平㊉仄，
可堪回首，
⑥平㊉仄，
佛狸祠下，
⑥仄平平⑥仄！
一片神鸦社鼓！
㊉平⑥、平平仄仄，
凭谁问：廉颇老矣，
仄平仄仄？
尚能饭否？

30. 望海潮（双调107字）　　柳　永

⑥平平仄，

东南形胜，

(仄)平平仄，

江吴都会，

(平)平(仄)仄平平。

钱塘自古繁华。

(仄)仄(平)平，

烟柳画桥，

(平)平(仄)仄，

风帘翠幕，

(平)平(仄)仄平平。

参差十万人家。

(仄)仄仄平平。

云树绕堤沙。

仄平仄平仄①，

怒涛卷霜雪，

(仄)仄平平。

天堑无涯。

(仄)仄平平，

① 这句，一般作仄(平)平(仄)仄，上一下四，如秦观《望海潮》中“正絮翻蝶舞”。

市列珠玑，
仄平平仄，
户盈罗绮，
仄平平①。
竞豪奢。

㊥平㊦仄平平。
重湖叠巘清嘉。
仄㊥平㊦仄，
有三秋桂子，
㊦仄平平。
十里荷花。
㊦仄平平，
羌管弄晴，
㊥平㊦仄，
菱歌泛夜，
㊥平㊦仄平平。
嬉嬉钓叟莲娃。

① 这句，一般与上句合为一句，即“㊥平㊦仄仄平平”。

(仄)仄仄平平。

千骑拥高牙。

仄仄平平仄，

乘醉听箫鼓①，

(仄)仄平平。

吟赏烟霞。

(仄)仄平平(仄)仄，

异日图将好景，

(仄)仄仄平平。

归去凤池夸②。

31. 长相思（双调 36 字） 白居易

(仄)(平)平，

汴水流，

(仄)(平)平③，

泗水流，

---

① 这句一般作上一下四，如秦观《望海潮》中“但倚楼极目”（仄(平)平(仄)仄）。

② 这两句，一般作“(仄)仄平平，(平)平(仄)仄仄平平”。如秦观《望海潮》中“无奈归心，暗随流水到天涯”。

③ 这两句叠后二字，可作仄仄平或平仄平，但不能作平平平。后阕同。

㊀仄平平㊀仄平。

流到瓜州古渡头。

㊉平㊀仄平。

吴山点点愁①。

㊀㊉平，

思悠悠②，

㊀㊉平，

恨悠悠，

㊀仄平平㊀仄平。

恨到归时方始休。

㊉平㊀仄平。

月明人倚楼。（前后阕同）

32. 乌夜啼（双调36字，一名相见欢）　　李　煜

㊉平㊀仄平平。

无言独上西楼。

---

① 这句可作平平仄仄平或平平平仄平，但不能作仄平仄仄平（孤平）。后阕末句同。

② “思”读sì。

仄平平。
月如钩。
㊀仄㊀平平仄，
寂寞梧桐深院，
仄平平。
锁清秋。

㊀㊀仄（换仄韵，不同韵），
剪不断，
㊀㊥仄，
理还乱，
仄平平（二换平韵，回到原韵）。
是离愁。
㊀仄㊀平平仄，
别是一般滋味，
仄平平。
在心头。

33. 桂殿秋（单调 27 字）　　向子諲

平仄仄，

秋色里，

仄平平。

月明中。

㊥平㊀仄仄平平。

红旗翠节下蓬宫。

㊥平㊀仄平平仄，

蟠桃已结瑶池露，

㊀仄平平仄仄平。

桂子初开玉殿风。

34. 破阵子（双调62字）

为陈同甫赋壮词以寄之　　　辛弃疾

㊀仄平平㊀仄，

醉里挑灯看剑，

㊥平㊀仄平平。

梦回吹角连营。

㊀仄㊥平平仄仄，

八百里分麾下炙，

㊀仄平平仄仄平。

五十弦翻塞外声。

(仄)平平仄平。
沙场秋点兵。

(仄)仄平平(仄)仄，
马作的卢飞快，
(平)平(仄)仄平平。
弓如霹雳弦惊。
(仄)仄(平)平平仄仄，
了却君王天下事，
(仄)仄平平仄仄平。
赢得生前身后名。
(仄)平平仄平。
可怜白发生①。（前后阕同）

35. 唐多令（双调60字）

重过武昌　　　刘　过

(平)仄仄平平，
芦叶满汀洲，

① "白"字作平声。

㊥平㊦仄平[1]。

寒沙带浅流。

仄平平、㊥仄平平。

二十[2]年、重过南楼。

㊦仄㊦平平仄仄，

柳下系船犹未稳，

平㊦仄，

能几日，

仄平平？

又中秋？

㊥仄仄平平，

黄鹤断矶头，

㊥平㊦仄平？

故人曾到不[3]？

仄平平、㊥仄平平。

---

① 这句可以是平平平仄平或仄平平仄平，但不能是仄平仄仄平（孤平）。

② “十”字读作平声。

③ 这句可以作平平仄仄平、平平平仄平，但不能作仄平仄仄平（孤平）。“不”，读 fóu。

旧江山、浑是新愁。
㊈仄㊈平平仄仄，
欲买桂花同载酒，
㊉㊈仄，
终不似，
仄平平！
少年游！（前后阕同）

36. 阮郎归（双调47字）　　晏几道

㊉平㊉仄仄平平，
天边金掌露成霜，
㊉平㊈仄平[1]。
云随雁字长。
仄平平仄仄平平，
绿杯红袖趁重阳，
㊉平㊈仄平。
人情似故乡。

---

① 这句可作平平平仄平、仄平平仄平，但不能作仄平仄仄平（孤平）。下面第四句，后阕第三、第五句同。

平仄仄，
兰佩紫，
仄平平。
菊簪黄。
㊥平㊀仄平。
殷勤理旧狂。
㊀平㊥仄仄平平，
欲将沉醉换悲凉，
㊥平㊀仄平！
清歌莫断肠！

37. 江城子（双调70字）

密州出猎　　　苏　轼

㊥平㊀仄仄平平。
老夫聊发少年狂。
仄平平，
左牵黄，
仄平平。
右擎苍。

（仄）仄平平[1]，

锦帽貂裘，

（仄）仄仄平平。

千骑卷平冈[2]。

（仄）仄（平）平平仄仄，

为报倾城随太守，

平仄仄，

亲射虎，

仄平平。

看孙郎。

（平）平（仄）仄仄平平。

酒酣胸胆尚开张。

仄平平，

鬓微霜，

仄平平？

又何妨？

---

① 一作（仄）（平）（平）仄。

② “骑”读jì。

(仄)仄平平，

持节云中，

(仄)仄仄平平？

何日遣冯唐？

(仄)仄(平)平平仄仄，

会挽雕弓如满月，

平仄仄，

西北望，

仄平平。

射天狼。（前后阕同）

38. 太常引（双调49字，又作太清引）

建康中秋夜为吕叔潜赋　　辛弃疾

(平)平(仄)仄仄平平，

一轮秋影转金波，

(仄)仄仄平平。

飞镜又重磨。

(仄)仄仄平平：

把酒问姮娥：

(平)(仄)仄、平平仄平！

被白发、欺人奈何！

(平)平(仄)仄，

乘风好去，

(平)平(仄)仄，

长空万里，

(仄)仄仄平平。

直下看山河。

(仄)仄仄平平，

斫去桂婆娑，

(平)(仄)仄、平平仄平！

人道是、清光更多！

39. 苏幕遮（双调62字）　　范仲淹

仄平平，

碧云天，

平仄仄。

黄叶地。

(仄)仄平平，

秋色连波，

㊀仄平平仄。

波上寒烟翠。

㊀仄平平平仄仄。

山映斜阳天接水。

㊀仄平平，

芳草无情，

㊀仄平平仄。

更在斜阳外。

仄平平，

黯乡魂，

平仄仄。

追旅思[1]。

㊀仄平平，

夜夜除非，

㊀仄平平仄。

好梦留人睡。

㊀仄平平平仄仄。

---

① “思”读 sì，去声。

明月楼高休独倚。
㊀仄平平，
酒入愁肠，
㊀仄平平仄！
化作相思泪！

40. 最高楼（双调81字）　　刘克庄

平㊉仄，
周郎后，
㊀仄仄平平。
直数到清真。
㊀仄仄平平。
君莫是前身。
㊉平㊀仄平平仄，
八音相应谐韶乐，
㊉平㊀仄仄平平。
一声未了落梁尘。
仄平平，
笑而今，
平仄仄，

轻郢客，

仄平平。

重巴人。

㊀㊀仄、㊀平平仄仄（换仄韵，不同韵）；

只少个、绿珠横玉笛；

㊀㊀仄、㊉平平仄仄。

更少个、雪儿弹锦瑟。

平仄仄，

欺贺晏，

仄平平（换平韵，回到原韵）。

压黄秦。

㊉平㊀仄平平仄，

可怜樵唱并菱曲[①]，

㊉平㊀仄仄平平。

不逢御手与龙巾。

仄平平，

且酣眠，

---

①“并”读 bīng。

平仄仄，

篷底月，

仄平平。

瓮间春。

41. 扬州慢[1]（双调98字）　　姜　夔

淳熙丙申至日，予过维扬。夜雪初霁，荠麦弥望。入其城则四顾萧条，寒水自碧，暮色渐起，戍角悲吟。予怀怆然，感慨今昔。因自度此曲。千岩老人以为有“黍离”之悲也。

㈥仄平平，

淮左名都，

㈥平平仄，

竹西佳处，

㊊平仄仄平平。

解鞍少驻初程。

仄㊊平㈥仄，

过春风十里，

① 凡慢调都是比较长的词调。

(仄)仄仄平平。
尽荠麦青青。
仄平仄、(平)平(仄)仄，
自胡马、窥江去后，
仄平平仄，
废池乔木，
(仄)仄平平。
犹厌言兵。
仄(平)平(仄)仄，
渐黄昏清角，
(平)平(仄)仄平平。
吹寒都在空城。

(平)平(仄)仄，
杜郎俊赏，
仄平平、(仄)仄平平。
算而今、重到须惊。
仄(仄)仄平平，
纵豆蔻词工，
(平)平(仄)仄，

青楼梦好，

㊀仄平平。

难赋深情。

㊀仄仄平平仄，

二十四桥仍在，

平平仄、㊀仄平平。

波心荡、冷月无声。

仄㊉平㊀仄，

念桥边红药，

㊉平㊀仄平平？

年年知为谁生？

42. 石州慢（双调102字，一名石州引）　　贺　铸

㊀㊀平平，

薄雨收寒，

平仄仄平[1]，

斜照弄晴，

---

① 一作仄平平仄。

平仄平仄①。
春意空阔。
(平)平(仄)仄平平，
长亭柳色才黄，
(仄)仄(仄)平平仄。
远客一枝先折。
(平)平(仄)仄，
烟横水际，
仄仄(仄)仄平平②，
映带几点归鸦，
(平)平(仄)仄平平仄。
东风消尽龙沙雪。
(仄)仄仄平平，
还记出门时，
仄平平平仄。
恰而今时节。

① 一作仄平平仄。
② 一作(仄)平(平)仄平平。

平仄。

将发。

㊀平㊉仄，

画楼芳酒，

㊀仄平平，

红泪清歌，

㊀平平仄。

顿成轻别。

㊀仄平平，

已是经年，

㊀仄㊉平平仄。

杳杳音尘都绝。

㊉平㊀仄，

欲知方寸，

㊀㊀㊀仄平平，

共有几许清愁，

㊉平㊀仄平平仄。

芭蕉不展丁香结。

㊀仄仄平平，

枉望断天涯，

仄平平平仄。

两厌厌风月。（此调一般用入声韵）

43. 摸鱼儿（双调116字）　　辛弃疾

淳熙己亥，自湖北漕移湖南，同官王正之置酒小山亭，为赋。

仄平平、仄平平仄？
更能消、几番风雨？
㊥平平仄平仄。
匆匆春又归去。
㊥平㊀仄平平仄，
惜春长怕花开早，
㊀仄仄平平仄！
何况落红无数！
平仄仄！
春且住！
㊀仄仄、平平㊀仄平平仄。
见说道、天涯芳草无归路。
㊥平㊀仄。
怨春不语。

仄㊀仄平平，
算只有殷勤，
㊀平平仄，
画檐蛛网，
㊀仄仄平仄。
尽日惹飞絮。

平平仄，
长门事，
㊀仄平平㊀仄。
准拟佳期又误。
平平平仄平仄。
蛾眉曾有人妒。
㊉平㊀仄平平仄，
千金纵买相如赋[1]，
㊀仄仄平平仄？
脉脉此情谁诉？
平仄仄。

---

① 这句可以不押韵。

君莫舞。

㊥仄仄、㊀平㊥仄平平仄！

君不见、玉环飞燕皆尘土！

㊥平㊀仄。

闲愁最苦。

㊀仄仄平平，

休去倚危栏，

㊥平㊀仄，

斜阳正在，

㊀仄仄平仄！

烟柳断肠处！

44. 六州歌头（双调143字）　　张孝祥

㊥平㊀仄，

长淮望断，

㊀仄仄平平。

关塞莽然平。

平㊥仄，

征尘暗，

平平仄，

霜风劲，

仄平平。

悄边声。

仄平平。

黯销凝。

㊈仄平平仄，

追想当年事，

㊈平仄，

殆天数，

平㊉仄，

非人力，

㊉㊈仄，

洙泗上，

平㊉仄，

弦歌地，

仄平平！

亦膻腥！

㊈仄平平，

隔水毡乡，

仄仄平平仄，

落日牛羊下，
㊀仄平平。
区脱纵横[1]。
仄㊉平㊀仄，
看名王宵猎，
㊀仄仄平平。
骑火一川明。
㊀仄平平。
笳鼓悲鸣。
仄平平。
遣人惊。

仄平平仄，
念腰间箭，
㊀平仄，
匣中剑，
平㊉仄，
空埃蠹，

① “纵” 读 zōng。

仄平平？
竟何成？
(平)(仄)仄，
时易失，
平(平)仄，
心徒壮，
仄平平。
岁将零。
仄(平)平。
渺神京。
(仄)仄平平仄，
干羽方怀远，
(仄)(平)仄，
静烽燧，
仄平平。
且休兵。
(平)仄仄，
冠盖使，
(平)(平)仄，
纷驰骛，

仄平平！

若为情！

㊀仄㊉平㊀仄，

闻道中原遗老，

㊉平仄、㊀仄平平。

常南望、翠葆霓旌。

仄㊉平㊀仄，

使行人到此，

㊉仄仄平平。

忠愤气填膺。

㊀仄平平！

有泪如倾！

第六章　词韵

第一节　词韵是诗韵的合并

词韵可以完全依照平水韵。但是，一般用韵较宽，往往把邻近的韵合并为一个韵部。依照戈载的《词林正韵》，词韵可以分为十九部（平上去声十四部，入声五部），如下：

第一部：平声东冬；上声董肿；去声送宋。

第二部：平声江阳；上声讲养；去声绛漾。

第三部：平声支微齐，又灰半（“回雷”等字）；上声纸尾荠，又贿半（“悔罪”等字）；去声寘未霁，又泰半（“会最”等字），队半（“内佩”等字）。

第四部：平声鱼虞；上声语麌；去声御遇。

第五部：平声佳半（“街钗”等字），灰半（“来台”等字）；上声蟹，又贿半（“海在”等字）；去声泰半（“盖外”等字），卦半（“拜快”等字），队半（“塞代”等字）。

第六部：平声真文，又元半（“魂痕”等字）；上声轸吻，又阮半（“本损”等字）；去声震问，又愿半（“闷困”等字）。

第七部：平声寒删，又元半（“言烦”等字）；上声旱潸铣，又阮半（“远晚”等字）；去声翰谏霰，又愿半（“怨健”等字）。

第八部：平声萧肴豪；上声筱巧皓；去声啸效号。

第九部：平声歌；上声哿；去声个。

第十部：平声麻；上声马；去声祃，又卦半（“话画”等字）。

第十一部：平声庚青蒸；上声梗迥；去声敬径。

第十二部：平声尤；上声有；去声宥。

第十三部：平声侵；上声寝；去声沁。

第十四部：平声覃盐咸；上声感俭豏；去声勘艳陷。

第十五部：入声屋沃。

第十六部：入声觉药。

第十七部：入声质陌锡职缉。

第十八部：入声物月曷黠屑叶。

第十九部：入声合洽。

有时候，词人用韵比这个更宽。例如辛弃疾《永遇乐》押“处”、“去”、“住”、“虎”、“顾”、“路”、“鼓”、“否”，“处”、“去”、“住”、“虎”、“顾”、“路”、“鼓”属第四部，“否”属第十二部；范仲淹《苏幕遮》押“地”、“翠”、“水”、“外”、“思”、“睡”、“倚”、“泪”，“地”、“翠”、“水”、“思”、“睡”、“倚”、“泪”属第三部，“外”属第五部；苏轼《念奴娇》押“物”、“壁”、“雪”、“杰”、“灭”、“发”、“月”，“物”、“雪”、“杰”、“发”、“灭”、“发”、“月”属第十八部，“壁”属第十七部。总之，词人用韵是很宽的。

第二节　上去通押

在唐人古体诗中，已有上去通押的情况。在宋词中，上去通押更加常见。例如范仲淹的《渔家傲》押“异”、“意”、“起”、“里”、“闭”、“里”、“计”、“地”、“寐”、“泪”，“起”、“里”、“里”属上声，“异”、“意”、“计”、“地”、“寐”、“泪”属去声；冯延巳《蝶恋花》押“树”、“缕”、“柱”、“去”、“絮”、“雨”、“语”、“处”，“缕”、

“柱”、“雨”、“语”属上声[①]，“树”、“去”、“絮”、“处”属去声；陆游《卜算子》押“主”、“雨”、“妒”、“故”，“主”、“雨”属上声，“妒”、“故”属去声；李清照《如梦令》押“骤”、“酒”、“旧”、“否”、“瘦”，“酒”、“否”属上声，“骤”、“旧”、“瘦”属去声；吕渭老《减字木兰花》押“卷”、“馆”，又押“舞”、“住”，“卷”、“舞”属上声，“馆”、“住”属去声[②]；张元干《贺新郎》押“去”、“渚”、“渡”、“处”、“鼓”、“舞”、“路”、“虏”、“语”、“去”、“否”、“举”，“渚”、“鼓”、“舞”、“虏”、“语”、“否”、“举”属上声，“去”、“渡”、“处”、“路”属去声；王沂孙《齐天乐》押“树”、“诉”、“雨”、“柱”、“许”、“露”、“度”、“苦”、“楚”、“缕”，“雨”、“柱”、“许”、“苦”、“楚”、“缕”属上声，“树”、“诉”、“露”、“度”属去声；李清照《点绛唇》押“手”、“瘦”、“透”、“溜”、“走”、“首”、“嗅”，“手”、“走”、“首”属上声，“瘦”、“透”、“溜”、“嗅”属去声；李煜《乌夜啼》押“断”、“乱”，“断”属上声[③]，“乱”属去声；范仲淹《苏幕遮》押

① 今普通话“柱”读去声。

② 今普通话“馆”读上声。

③ “断”字，今普通话读去声。

“地”、“翠”、“水”、“外”、“思”、“睡”、“倚”、“泪”，“水”、“倚”属上声，“地”、“翠”、“外”、“思”、“睡”、“泪”属去声；辛弃疾《永遇乐》押“处”、“去”、“住”、“虎”、“顾”、“路”、“鼓”、“否”，“虎”、“鼓”、“否”属上声，“处”、“去”、“住”、“顾”、“路”属去声；《摸鱼儿》押“雨”、“去”、“数”、“住”、“路”、“语”、“絮”、“误”、“妒”、“赋”、“诉”、“舞”、“土”、“苦”、“处”，“雨”、“语”、“舞”、“土”、“苦”属上声，“去”、“数”、“住”、“路”、“絮”、“误”、“妒”、“赋”、“诉”、“处”属去声。由此可见，上去通押的情况是不胜枚举的。

第三节　换韵

换韵，一般是平仄互换。或先用平韵，后用仄韵；或先用仄韵，后换平韵，或连换几次韵，都是词谱所规定的。

换韵有三种情况，现在分别加以叙述：

第一种情况是换韵不换部，元音相同，只是声调不同，就是平仄互换。这里所谓“仄”，指的是上声和去声，不是入声。例如：

西江月

黄陵庙　　张孝祥

满载一船明月，
平铺千里秋江（平韵）。
波神留我看斜阳（协平韵），
唤起鳞鳞细浪（换仄协）。

明日风回更好，
今朝露宿何妨（换平协）？
水晶宫里奏《霓裳》（协平韵），
准拟岳阳楼上（换仄协）。

这首词用的词韵是第二部江阳，平仄互换，是换韵不换部。

第二种情况是换韵又换部。例如：

清平乐

独宿博山王氏庵　　辛弃疾

绕床饥鼠（仄韵），

蝙蝠翻灯舞（协仄韵）。
屋上松风吹急雨（协仄韵），
破纸窗间自语（协仄韵）。

平生塞北江南[1]（换平韵），
归来华发苍颜（协平韵）。
布被秋宵梦觉，
眼前万里江山（协平韵）。

第三种情况是换韵后又回到原韵上。例如：

相见欢　　朱敦儒

金陵城上西楼（平韵），
倚清秋（协平韵）。
万里夕阳垂地，
大江流（协平韵）。

中原乱（换仄韵），

①“南”属第十四部，这里与第七部通押。

簪缨散（协仄韵），
几时收（回到原平韵）？
试倩悲风吹泪，
过扬州（协平韵）。

词以一韵到底为最常见，换韵比较少见。

第七章　词的平仄

第一节　律句

词虽是长短句，但基本上用的是律句。非但五字句、七字句绝大多数是律句，连三字句、四字句、六字句也绝大多数是律句。三字句可以认为是七言律句的末三字，四字句可以认为是七言律句的前四字，六字句可以认为是七言律句的前六字。

现在先谈七言律句和五言律句。有些词是完全由七言律句构成的。例如：

浣溪沙　　苏　轼

麻叶层层檾叶光。
谁家煮茧一村香？
隔篱娇语络丝娘。

垂白杖藜抬醉眼，
捋青捣炒软饥肠。
问言豆叶几时黄？

有些词是完全由五言律句构成的。例如：

生查子

题京口郡治尘表亭　　　辛弃疾

悠悠万世功，
矻矻当年苦[①]。
鱼自入深渊，
人自居平土。

红日又西沉，
白浪长东去。
不是望金山，
我自思量禹。

---

①“矻”读 wù，入声。

有些词是五言律句与七言律句合成的。例如：

卜算子　　朱敦儒

旅雁向南飞，
风雨群相失。
饥渴辛勤两翅垂，
独下寒汀立。

鸥鹭苦难亲，
矰缴忧相逼。
云海茫茫无处归，
谁听哀鸣急？

词的律句比诗的律句更为严格，不容许有变格。这就是说：（一）平仄脚，五言第三字必平，七言第五字必平。例如：

一任群芳妒。（陆游《卜算子》）
波上寒烟翠。（范仲淹《苏幕遮》）

六朝旧事随流水。（王安石《桂枝香》）

芭蕉不展丁香结。（贺铸《石州引》）

八千里路云和月。（岳飞《满江红》）

（二）仄仄脚，五言第三字必平，七言第五字必平。例如：

小乔初嫁了。（苏轼《念奴娇》）

玉阶空伫立。（李白《菩萨蛮》）

塞下秋来风景异。（范仲淹《渔家傲》）

无可奈何花落去。（晏殊《浣溪沙》）

夜饮东坡醒复醉[①]。（苏轼《临江仙》）

（三）仄平脚，五言第三字必仄，七言第五字必仄[②]。例如：

云随雁字长。（晏几道《阮郎归》）

殷勤理旧狂。（晏几道《阮郎归》）

---

① “醒”读 xīng。

② 有个别例外，如秦观“枕上流莺和泪闻”。

饥渴辛勤两翅垂。（朱敦儒《卜算子》）

零落成泥碾作尘。（陆游《卜算子》）

一片春愁带酒浇。（蒋捷《一剪梅》）

（四）平平脚，五言第三字必仄，七言第五字必仄。例如：

帘外雨潺潺。（李煜《浪淘沙》）

月上柳梢头。（朱淑真《生查子》）

稻花香里说丰年[1]。（辛弃疾《西江月》）

当年万里觅封侯。（陆游《诉衷情》）

老夫聊发少年狂。（苏轼《江城子》）

现在说到三字句。三字句有平平仄、平仄仄、仄仄平、仄平平四种。例如：

流年改。（陆游《沁园春》）

多少恨。（李煜《忆江南》）

---

①"说"是入声字。

汴水流。（白居易《长相思》）

月如钩。（李煜《乌夜啼》）

再说到四字句。四字句有㊉平㊀仄、㊀仄平平两种。

（一）㊉平㊀仄，例如：

惊涛拍岸。（苏轼《念奴娇》）

登临送目。（王安石《桂枝香》）

西窗过雨。（王沂孙《齐天乐》）

茫茫梦境。（陆游《沁园春》）

青楼梦好。（姜夔《扬州慢》）

这个句型，第一字可仄，但是比较少见。例如：

不应有恨。（苏轼《水调歌头》）

另有一种特定句型是仄平平仄，第三字必须用平声，不能用仄声。这种句型比上述的那种句型多得多。这是词句的特点，特别值得注意。例如：

灞陵伤别。（李白《忆秦娥》）[1]

汉家陵阙。（同上）

翠峰如簇。（王安石《桂枝香》）

画图难足。（同上）

谩嗟荣辱。（同上）

后庭遗曲。（同上）

月流烟渚。（张元干《贺新郎》）

气吞骄虏。（同上）

玉筝调柱。（王沂孙《齐天乐》）

顿成凄楚。（同上）

露浓花瘦。（李清照《点绛唇》）

倚门回首。（同上）

这个句型，第一字可平，但是比较少见。例如：

江山如画。（苏轼《念奴娇》）

雄姿英发。（同上）

多情应笑。（同上）

---

①《忆秦娥》词谱规定用这个特定句型。下仿此。

人生如梦。（同上）

（二）⊗仄平平，第三字必须用平声，不能用仄声。例如：

乱石穿空。（苏轼《念奴娇》）
故国神游。（同上）
乍咽凉柯。（王沂孙《齐天乐》）
镜暗妆残。（同上）
病翼惊秋。（同上）
谩想薰风。（同上）
再过辽天。（陆游《沁园春》）
毕竟成尘。（同上）
载酒园林。（同上）
点鬓霜新。（同上）
更有人贫。（同上）
躲尽危机。（同上）

这个句型第一字可平，音韵效果是一样的。例如：

春意阑珊。（李煜《浪淘沙》）

无限江山。（同上）

天上人间。（同上）

杨柳风轻。（冯延巳《蝶恋花》）

红杏开时。（同上）

再说到六字句。六字句有⊗仄平平仄仄，⊕平⊗仄平平两种。

（一）⊗仄平平仄仄，注意第三字用平声。例如：

三国周郎赤壁。（苏轼《念奴娇》）

千古凭高对此。（王安石《桂枝香》）

未放扁舟夜渡[①]。（张元干《贺新郎》）

料峭春寒中酒。（吴文英《风入松》）

惆怅双鸳不到。（同上）

赢得仓皇北顾。（辛弃疾《永遇乐》）

一片神鸦社鼓。（同上）

---

①“扁”读 piān。

（二）㊣平㊀仄平平，注意第五字用平声。例如：

归来仿佛三更。（苏轼《临江仙》）

何时忘却营营？（同上）

清风半夜鸣蝉。（辛弃疾《西江月》）

两三点雨山前。（同上）

交亲散落如云。（陆游《沁园春》）

交加晓梦啼莺。（吴文英《风入松》）

幽阶一夜苔生。（同上）

钱塘自古繁华。（柳永《望海潮》）

参差十万人家。（同上）

重湖叠巘清嘉。（同上）

嬉嬉钓叟莲娃。（同上）

梦回吹角连营。（辛弃疾《破阵子》）

弓如霹雳弦惊。（同上）

解鞍少驻初程。（姜夔《扬州慢》）

吹寒都在空城。（同上）

年年知为谁生？（同上）

另有一种特定句型是㊀仄㊀平平仄，第五字必平，这和四字句第三字必平一样，是词律的特点。例如：

千古风流人物。（苏轼《念奴娇》）
樯橹灰飞烟灭。（同上）
二十四桥仍在。（姜夔《扬州慢》）
远客一枝先折。（贺铸《石州慢》）
杳杳音尘都绝。（同上）
何况落红无数。（辛弃疾《摸鱼儿》）
脉脉此情谁诉？（同上）

此外，还有八字句、九字句、十字句、十一字句。八字句是上三下五；九字句是上三下六或上五下四；十字句是上三下七；十一字句一般是上六下五，也有上四下七的。例如：

莫等闲、白了少年头。（岳飞《满江红》）
待从头、收拾旧山河。（同上）
正人间、鼻息鸣鼍鼓。（张元干《贺新郎》）
过苕溪、尚许垂纶否？（同上）
浪淘尽、千古风流人物。（苏轼《念奴娇》）
驾长车踏破、贺兰山缺。（岳飞《满江红》）

见说道、天涯芳草无归路。（辛弃疾《摸鱼儿》）

君不见、玉环飞燕皆尘土！（同上）

不知天上宫阙、今夕是何年。（苏轼《水调歌头》）

当场只手、毕竟还我万夫雄。（陈亮《水调歌头》）

如果是上六下五，则上半是拗句（仄平平仄平仄），下半是律句（仄⃝仄仄平平）；如果是上四下七，则上半是律句（平⃝平仄⃝仄），下半是拗句（平⃝仄平⃝仄仄平平）。

有些四字句，其实是上一下三。上一字一般用仄声，下三字用律句。例如张孝祥《六州歌头》“念腰间箭”。

有些五字句，其实是上一下四。上一字一般用仄声，下四字用律句，即平⃝平仄⃝仄。例如：

有三秋桂子。（柳永《望海潮》）

叹移盘去远。（王沂孙《齐天乐》）

叹围腰带剩。（陆游《沁园春》）

有渔翁共醉。（同上）

过春风十里。（姜夔《扬州慢》）

使行人到此。（张孝祥《六州歌头》）

而且往往用词律特定的律句，即㊀平平仄。例如：

念累累枯冢[1]。（陆游《沁园春》）

幸眼明身健。（同上）

渐黄昏清角。（姜夔《扬州慢》）

念桥边红药。（同上）

恰而今时节。（贺铸《石州慢》）

两厌厌风月[2]。（同上）

看名王宵猎。（张孝祥《六州歌头》）

不要误会某些是拗句（在五言律诗中，仄平平平仄是拗句，因为第二第四皆平），其实都是词中的律句。

又有一些平脚的五字句，上一下四。上一字一般用仄声，下四字用律句，即㊀仄平平，倒数第二字必平[3]。例如：

怪瑶佩流空。（王沂孙《齐天乐》）

甚独抱清商。（同上）

---

① "累"读 léi，平声。

② "厌"读 yān，平声。

③ 王安石《桂枝香》"正故国晚秋"。"晚"字仄声，是例外。

在第二、第四字都用平声的时候，也不要误会是拗句。

有些七字句是上三下四，一般用的是三字律句加四字律句，或者是三字拗句加四字律句。或者是三字律句加四字拗句。例如：

背西风、酒旗斜矗。（王安石《桂枝香》）

念往昔、繁华竞逐。（同上）

但寒烟、衰草凝绿。（同上）

倚高寒、愁生故国。（张元干《贺新郎》）

谩暗涩、铜华尘土。（同上）

一丝柳、一寸柔情。（吴文英《风入松》）

有当时、纤手香凝。（同上）

凭阑处、潇潇雨歇。（岳飞《满江红》）

抬望眼、仰天长啸。（同上）

想当年、金戈铁马。（辛弃疾《永遇乐》）

凭谁问、廉颇老矣。（同上）

二十年、重过南楼。（刘过《唐多令》）

旧江山、浑是新愁。（同上）

自胡马、窥江去后。（姜夔《扬州慢》）

算而今，重到须惊。（同上）

波心荡、冷月无声。（同上）

常南望，翠葆霓旌。（张孝祥《六州歌头》）

第二节　拗句

词句虽然大多数是律句，但是某些词谱又规定一些拗句，就是必须用拗，不能用律。例如：

四字句

仄仄仄平。

换尽旧人。（陆游《沁园春》）

平仄平仄。

孙仲谋处。（辛弃疾《永遇乐》）

仄平仄仄。

尚能饭否？（同上）

五字句

仄平平仄平[①]。

有人楼上愁。（李白《菩萨蛮》）

---

① 这是孤平拗救，虽然词谱说第一字可平，实际上以仄声为正格。

日长飞絮轻。（晏殊《破阵子》）

笑从双脸生。（同上）

平仄仄平仄。

烟柳断肠处。（辛弃疾《摸鱼儿》）

六字句

仄平平仄平仄。（第一字必仄）

一时多少豪杰。（苏轼《念奴娇》）

一樽还酹江月。（同上）

㊣平㊣仄平仄。

关河梦断何处。（陆游《诉衷情》）

平平平仄平仄。（第一、第三字必平）

蛾眉曾有人妒。（辛弃疾《摸鱼儿》）

铜仙铅泪如洗。（王沂孙《齐天乐》）

平平仄平平仄。

年年翠阴庭树。（王沂孙《齐天乐》）

七字句

㊀仄㊀平平平仄。

唤取谪仙平章看。（张元干《贺新郎》）

仄平平仄仄平仄。

为谁娇鬓尚如许。（王沂孙《齐天乐》）

㊣仄㊣仄仄平平。

何事常向别时圆。（苏轼《水调歌头》）

㊀㊀仄、平平仄平。

被白发、欺人奈何。（辛弃疾《太常引》）

人道是、清光更多。（同上）

当然，所谓“拗句”，只是对律句而言的说法。其实就词来说，既然词谱规定了这些句型，那就应该说这不是拗句，而是正格了。

第八章　词的对仗

词的对仗，没有硬性规定。只要前后两句字数相等，就可以用对仗，也可以不用对仗。只有少数词谱，习惯上是要用对仗的。例如：

（一）《西江月》前后阕第一、二两句：

明月别枝惊鹊，清风半夜鸣蝉。
七八个星天外，两三点雨山前。（辛弃疾）

（二）《浣溪沙》第四、五两句：

无可奈何花落去，似曾相识燕归来。（晏殊）

（三）《沁园春》前阕第八、九两句，后阕第七、八两句：

载酒园林，寻花巷陌。

躲尽危机，消残壮志。（陆游）

（四）《诉衷情》后阕第一、二句：

胡未灭，鬓先秋。（陆游）

（五）《念奴娇》前阕第五、六两句：

乱石穿空，惊涛拍岸。（苏轼）

（六）《水调歌头》后阕第五、六两句：

人有悲欢离合，月有阴晴圆缺。（苏轼）

（七）《鹧鸪天》前阕第三、四两句：

一春鱼鸟无消息，千里关山劳梦魂。（秦观）

（八）《齐天乐》后阕第四、五两句：

病翼惊秋，枯形阅世。（王沂孙）

（九）《满江红》前阕第五、六两句，后阕第六、七两句：

三十功名尘与土，八千里路云和月。
壮志饥餐胡虏肉，笑谈渴饮匈奴血。（岳飞）

（十）《望海潮》前后阕第四、五两句，又前阕第十、十一两句：

烟柳画桥，风帘翠幕。
市列珠玑，户盈罗绮。
羌管弄晴，菱歌泛夜。（柳永）

（十一）《长相思》前后阕第一、二两句：

汴水流，泗水流。

思悠悠，恨悠悠。（白居易）

（十二）《相见欢》后阕第一、二两句：

剪不断，理还乱。（李煜）

（十三）《桂殿秋》第一、二两句，又第四、五两句：

秋色里，月明中。

蟠桃已结瑶池露，桂子初开玉殿风。（向子諲）

（十四）《破阵子》前后阕第一、二两句，又第三、四两句：

醉里挑灯看剑，梦回吹角连营。

八百里分麾下炙，五十弦翻塞外声。

马作的卢飞快，弓如霹雳弦惊。

了却君王天下事，赢得生前身后名。（辛弃疾）

（十五）《阮郎归》后阕第一、二两句：

兰佩紫，菊簪黄。（晏几道）

有些词谱的对仗更随便，更自由，可对可不对。下面所举的例子，就是可对可不对的：

（一）《桂枝香》前阕第八、九两句：

彩舟云淡，星河鹭起。（王安石）

（二）《清平乐》后阕第一、二两句：

大儿锄豆溪东，中儿正织鸡笼。（辛弃疾）

（三）《诉衷情》后阕末两句：

心在天山，身老沧州。（陆游）

（四）《风入松》前后阕末两句：

料峭春寒中酒，交加晓梦啼莺。
惆怅双鸳不到，幽阶一夜苔生[1]。（吴文英）

（五）《一剪梅》前后阕第二、三两句和第五、六两句：

江上舟摇，楼上帘招。
风又飘飘，雨又潇潇。
银字筝调，心字香烧。
红了樱桃，绿了芭蕉！（蒋捷）

（六）《生查子》前阕末两句：

月上柳梢头，人约黄昏后。（朱淑真）

（七）《江城子》前后阕第二、三两句：

左牵黄，右擎苍[2]。（苏轼）

---

① 这一联半对半不对。
② 苏轼在后阕没有用对仗。

（八）《苏幕遮》前后阕第一、二句：

碧云天，黄叶地。
黯乡魂，追旅思。（范仲淹）

（九）《最高楼》前阕第四、五两句，第六、七两句，第九、十两句；后阕第一、二两句，第三、四两句，第五、六两句，第八、九两句：

八音相应谐韶乐，一声未了落梁尘。
轻郢客，重巴人。
只少个、绿珠横玉笛，
更少个、雪儿弹锦瑟。
欺贺晏，压黄秦。
可怜樵唱并菱曲，不逢御手与龙巾。
篷底月，瓮间春。（刘克庄）

（十）《石州慢》前阕第一、二两句，后阕第二、三两句：

薄雨收寒，斜照弄晴。

画楼芳酒，红泪清歌。（贺铸）

（十一）《六州歌头》前阕第三、四两句，第八、九两句，第十、十一两句：

征尘暗，霜风劲。

殆天数，非人力。

洙泗上，弦歌地。（张孝祥）

有时候，不是两句对仗，而是三句排比。但这种情况是少见的。例如：

时易失，心徒壮，岁将零。（张孝祥《六州歌头》）

如果四字句是上一下三，应该看做三字句与下面三字句对仗，上一字不算在对仗之内。例如：

念腰间箭，匣中剑。（张孝祥《六州歌头》）

如果五字句是上一下四，应该看做四字句与下面四字句对仗，上一字不算在对仗之内。例如：

有三秋桂子，十里荷花。（柳永《望海潮》）
幸眼明身健，茶甘饭软。（陆游《沁园春》）
纵豆蔻词工，青楼梦好。（姜夔《扬州慢》）
但荒烟衰草，乱鸦斜日。（萨都剌《满江红》）

有一种对仗，叫做扇面对，就是把两句作为上联，两句作为下联，四句构成一个对仗。这种扇面对往往出现在《沁园春》中，特别值得注意。例如：

甚云山自许，平生意气；衣冠人笑，抵死尘埃。
要小舟行钓，先应种柳；疏篱护竹，莫碍观梅。
（辛弃疾《沁园春·带湖新居初成》）
正惊湍直下，跳珠倒溅；小桥横截，缺月初弓。
似谢家子弟，衣冠磊落；相如庭户，车骑雍容。
（辛弃疾《沁园春·灵山齐庵赋》）
唤厨人斫就，东溟鲸脍；圉人呈罢，西极龙媒。

叹年光过尽，功名未立；书生老去，机会方来。

（刘克庄《沁园春·梦孚若》）

古体诗中的对仗，不避同字相对。词也一样，某些词谱是不避同字相对的。例如：

人有悲欢离合，月有阴晴圆缺。（苏轼《念奴娇》）
汴水流，泗水流。
思悠悠，恨悠悠。（白居易《长相思》）
大儿锄豆溪东，中儿正织鸡笼。（辛弃疾《清平乐》）
江上舟摇，楼上帘招。
风又飘飘，雨又潇潇。
银字筝调，心字香烧。
红了樱桃，绿了芭蕉。（蒋捷《一剪梅》）
只少个、绿珠横玉笛，
更少个、雪儿弹锦瑟。（刘克庄《最高楼》）

律诗的对仗，上联的平仄和下联的平仄是对立的。词的对仗有两个类型：第一个类型和律诗的平仄一样，平对仄，仄对平；第二个类型和律诗的平仄不一样，或者上下联平仄完全相同，或者以平仄脚对仄仄脚，或者以平仄脚对平平脚，或者以平平脚对平仄脚。这些都是词谱里规定了的。关于第二类型的对仗，举例如下：

（一）上下联平仄完全相同者：

人有悲欢离合，
月有阴晴圆缺。（苏轼《水调歌头》）
江上舟摇，
楼上帘招。（蒋捷《一剪梅》）
左牵黄，
右擎苍。（苏轼《江城子》）
征尘暗，
霜风劲。（张孝祥《六州歌头》）
荒烟衰草，
乱鸦斜日。（萨都剌《满江红》）
眼明身健，
茶甘饭软。（陆游《沁园春》）

（二）以平仄脚对仄仄脚者：

三十功名尘与土，
八千里路云和月。（岳飞《满江红》）

（三）以平仄脚对平平脚者：

月上[①]柳梢头，
人约黄昏后。（朱淑真《生查子》）

（四）以平平脚对平仄脚者：

八音相应谐韶乐，
一声未了落梁尘。（刘克庄《最高楼》）
可怜樵唱并菱曲，
不逢御手与龙巾。（同上）

① 此页字下的圆圈表示上下联平仄相同。

国家新闻出版广电总局

首届向全国推荐中华优秀传统文化普及图书

大家小书书目

国学救亡讲演录	章太炎 著　蒙　木 编
门外文谈	鲁　迅 著
经典常谈	朱自清 著
语言与文化	罗常培 著
习坎庸言校正	罗　庸 著　杜志勇 校注
鸭池十讲（增订本）	罗　庸 著　杜志勇 编订
古代汉语常识	王　力 著
国学概论新编	谭正璧 编著
文言尺牍入门	谭正璧 著
日用交谊尺牍	谭正璧 著
敦煌学概论	姜亮夫 著
训诂简论	陆宗达 著
金石丛话	施蛰存 著
常识	周有光 著　叶　芳 编
文言津逮	张中行 著
经学常谈	屈守元 著
国学讲演录	程应镠 著
英语学习	李赋宁 著
中国字典史略	刘叶秋 著
语文修养	刘叶秋 著
笔祸史谈丛	黄　裳 著
古典目录学浅说	来新夏 著
闲谈写对联	白化文 著
汉字知识	郭锡良 著
怎样使用标点符号（增订本）	苏培成 著
汉字构型学讲座	王　宁 著

诗境浅说	俞陛云　著
唐五代词境浅说	俞陛云　著
北宋词境浅说	俞陛云　著
南宋词境浅说	俞陛云　著
人间词话新注	王国维　著　滕咸惠　校注
苏辛词说	顾　随　著　陈　均　校
诗论	朱光潜　著
唐五代两宋词史稿	郑振铎　著
唐诗杂论	闻一多　著
诗词格律概要	王　力　著
唐宋词欣赏	夏承焘　著
槐屋古诗说	俞平伯　著
词学十讲	龙榆生　著
词曲概论	龙榆生　著
唐宋词格律	龙榆生　著
楚辞讲录	姜亮夫　著
读词偶记	詹安泰　著
中国古典诗歌讲稿	浦江清　著 浦汉明　彭书麟　整理
唐人绝句启蒙	李霁野　著
唐宋词启蒙	李霁野　著
唐诗研究	胡云翼　著
风诗心赏	萧涤非　著　萧光乾　萧海川　编
人民诗人杜甫	萧涤非　著　萧光乾　萧海川　编
唐宋词概说	吴世昌　著
宋词赏析	沈祖棻　著
唐人七绝诗浅释	沈祖棻　著
道教徒的诗人李白及其痛苦	李长之　著
英美现代诗谈	王佐良　著　董伯韬　编
闲坐说诗经	金性尧　著
陶渊明批评	萧望卿　著

古典诗文述略	吴小如 著
诗的魅力	
——郑敏谈外国诗歌	郑 敏 著
新诗与传统	郑 敏 著
一诗一世界	邵燕祥 著
舒芜说诗	舒 芜 著
名篇词例选说	叶嘉莹 著
汉魏六朝诗简说	王运熙 著 董伯韬 编
唐诗纵横谈	周勋初 著
楚辞讲座	汤炳正 著
	汤序波 汤文瑞 整理
好诗不厌百回读	袁行霈 著
山水有清音	
——古代山水田园诗鉴要	葛晓音 著
红楼梦考证	胡 适 著
《水浒传》考证	胡 适 著
《水浒传》与中国社会	萨孟武 著
《西游记》与中国古代政治	萨孟武 著
《红楼梦》与中国旧家庭	萨孟武 著
《金瓶梅》人物	孟 超 著 张光宇 绘
水泊梁山英雄谱	孟 超 著 张光宇 绘
水浒五论	聂绀弩 著
《三国演义》试论	董每戡 著
《红楼梦》的艺术生命	吴组缃 著 刘勇强 编
《红楼梦》探源	吴世昌 著
《西游记》漫话	林 庚 著
史诗《红楼梦》	何其芳 著
	王叔晖 图 蒙 木 编
细说红楼	周绍良 著
红楼小讲	周汝昌 著 周伦玲 整理

曹雪芹的故事	周汝昌　著　周伦玲　整理
古典小说漫稿	吴小如　著
三生石上旧精魂 ——中国古代小说与宗教	白化文　著
《金瓶梅》十二讲	宁宗一　著
中国古典小说十五讲	宁宗一　著
古体小说论要	程毅中　著
近体小说论要	程毅中　著
《聊斋志异》面面观	马振方　著
《儒林外史》简说	何满子　著
我的杂学	周作人　著　张丽华　编
写作常谈	叶圣陶　著
中国骈文概论	瞿兑之　著
谈修养	朱光潜　著
给青年的十二封信	朱光潜　著
论雅俗共赏	朱自清　著
文学概论讲义	老　舍　著
中国文学史导论	罗　庸　著　杜志勇　辑校
给少男少女	李霁野　著
古典文学略述	王季思　著　王兆凯　编
古典戏曲略说	王季思　著　王兆凯　编
鲁迅批判	李长之　著
唐代进士行卷与文学	程千帆　著
说八股	启　功　张中行　金克木　著
译余偶拾	杨宪益　著
文学漫识	杨宪益　著
三国谈心录	金性尧　著
夜阑话韩柳	金性尧　著
漫谈西方文学	李赋宁　著
历代笔记概述	刘叶秋　著

周作人概观	舒　芜　著
古代文学入门	王运熙　著　董伯韬　编
有琴一张	资中筠　著
中国文化与世界文化	乐黛云　著
新文学小讲	严家炎　著
回归，还是出发	高尔泰　著
文学的阅读	洪子诚　著
中国文学1949—1989	洪子诚　著
鲁迅作品细读	钱理群　著
中国戏曲	么书仪　著
元曲十题	么书仪　著
唐宋八大家——古代散文的典范	葛晓音　选译
辛亥革命亲历记	吴玉章　著
中国历史讲话	熊十力　著
中国史学入门	顾颉刚　著　何启君　整理
秦汉的方士与儒生	顾颉刚　著
三国史话	吕思勉　著
史学要论	李大钊　著
中国近代史	蒋廷黻　著
民族与古代中国史	傅斯年　著
五谷史话	万国鼎　著　徐定懿　编
民族文话	郑振铎　著
史料与史学	翦伯赞　著
秦汉史九讲	翦伯赞　著
唐代社会概略	黄现璠　著
清史简述	郑天挺　著
两汉社会生活概述	谢国桢　著
中国文化与中国的兵	雷海宗　著
元史讲座	韩儒林　著

魏晋南北朝史稿	贺昌群　著
汉唐精神	贺昌群　著
海上丝路与文化交流	常任侠　著
中国史纲	张荫麟　著
两宋史纲	张荫麟　著
北宋政治改革家王安石	邓广铭　著
从紫禁城到故宫 ——营建、艺术、史事	单士元　著
春秋史	童书业　著
明史简述	吴　晗　著
朱元璋传	吴　晗　著
明朝开国史	吴　晗　著
旧史新谈	吴　晗　著　习　之　编
史学遗产六讲	白寿彝　著
先秦思想讲话	杨向奎　著
司马迁之人格与风格	李长之　著
历史人物	郭沫若　著
屈原研究（增订本）	郭沫若　著
考古寻根记	苏秉琦　著
舆地勾稽六十年	谭其骧　著
魏晋南北朝隋唐史	唐长孺　著
秦汉史略	何兹全　著
魏晋南北朝史略	何兹全　著
司马迁	季镇淮　著
唐王朝的崛起与兴盛	汪　篯　著
南北朝史话	程应镠　著
二千年间	胡　绳　著
论三国人物	方诗铭　著
辽代史话	陈　述　著
考古发现与中西文化交流	宿　白　著
清史三百年	戴　逸　著

清史寻踪	戴　逸　著
走出中国近代史	章开沅　著
中国古代政治文明讲略	张传玺　著
艺术、神话与祭祀	张光直　著
	刘　静　乌鲁木加甫　译
中国古代衣食住行	许嘉璐　著
辽夏金元小史	邱树森　著
中国古代史学十讲	瞿林东　著
历代官制概述	瞿宣颖　著
宾虹论画	黄宾虹　著
中国绘画史	陈师曾　著
和青年朋友谈书法	沈尹默　著
中国画法研究	吕凤子　著
桥梁史话	茅以升　著
中国戏剧史讲座	周贻白　著
中国戏剧简史	董每戡　著
西洋戏剧简史	董每戡　著
俞平伯说昆曲	俞平伯　著　陈　均　编
新建筑与流派	童　寯　著
论园	童　寯　著
拙匠随笔	梁思成　著　林　洙　编
中国建筑艺术	梁思成　著　林　洙　编
沈从文讲文物	沈从文　著　王　风　编
中国画的艺术	徐悲鸿　著　马小起　编
中国绘画史纲	傅抱石　著
龙坡谈艺	台静农　著
中国舞蹈史话	常任侠　著
中国美术史谈	常任侠　著
说书与戏曲	金受申　著
世界美术名作二十讲	傅　雷　著

中国画论体系及其批评　　李长之　著

金石书画漫谈　　启　功　著　赵仁珪　编

吞山怀谷
——中国山水园林艺术　　汪菊渊　著

故宫探微　　朱家溍　著

中国古代音乐与舞蹈　　阴法鲁　著　刘玉才　编

梓翁说园　　陈从周　著

旧戏新谈　　黄　裳　著

民间年画十讲　　王树村　著　姜彦文　编

民间美术与民俗　　王树村　著　姜彦文　编

长城史话　　罗哲文　著

天工人巧
——中国古园林六讲　　罗哲文　著

现代建筑奠基人　　罗小未　著

世界桥梁趣谈　　唐寰澄　著

如何欣赏一座桥　　唐寰澄　著

桥梁的故事　　唐寰澄　著

园林的意境　　周维权　著

万方安和
——皇家园林的故事　　周维权　著

乡土漫谈　　陈志华　著

现代建筑的故事　　吴焕加　著

中国古代建筑概说　　傅熹年　著

简易哲学纲要　　蔡元培　著

大学教育　　蔡元培　著
北大元培学院　编

老子、孔子、墨子及其学派　　梁启超　著

春秋战国思想史话　　嵇文甫　著

晚明思想史论　　嵇文甫　著

新人生论　　冯友兰　著

中国哲学与未来世界哲学	冯友兰　著
谈美	朱光潜　著
谈美书简	朱光潜　著
中国古代心理学思想	潘　菽　著
新人生观	罗家伦　著
佛教基本知识	周叔迦　著
儒学述要	罗　庸　著　杜志勇　辑校
老子其人其书及其学派	詹剑峰　著
周易简要	李镜池　著　李铭建　编
希腊漫话	罗念生　著
佛教常识答问	赵朴初　著
维也纳学派哲学	洪　谦　著
大一统与儒家思想	杨向奎　著
孔子的故事	李长之　著
西洋哲学史	李长之　著
哲学讲话	艾思奇　著
中国文化六讲	何兹全　著
墨子与墨家	任继愈　著
中华慧命续千年	萧萐父　著
儒学十讲	汤一介　著
汉化佛教与佛寺	白化文　著
传统文化六讲	金开诚　著　金舒年　徐令缘　编
美是自由的象征	高尔泰　著
艺术的觉醒	高尔泰　著
中华文化片论	冯天瑜　著
儒者的智慧	郭齐勇　著

中国政治思想史	吕思勉　著
市政制度	张慰慈　著
政治学大纲	张慰慈　著
民俗与迷信	江绍原　著　陈泳超　整理

政治的学问	钱端升 著 钱元强 编
从古典经济学派到马克思	陈岱孙 著
乡土中国	费孝通 著
社会调查自白	费孝通 著
怎样做好律师	张思之 著 孙国栋 编
中西之交	陈乐民 著
律师与法治	江 平 著 孙国栋 编
中华法文化史镜鉴	张晋藩 著
新闻艺术（增订本）	徐铸成 著
经济学常识	吴敬琏 著 马国川 编

中国化学史稿	张子高 编著
中国机械工程发明史	刘仙洲 著
天道与人文	竺可桢 著 施爱东 编
中国医学史略	范行准 著
优选法与统筹法平话	华罗庚 著
数学知识竞赛五讲	华罗庚 著
中国历史上的科学发明（插图本）	钱伟长 著

出版说明

“大家小书”多是一代大家的经典著作，在还属于手抄的著述年代里，每个字都是经过作者精琢细磨之后所拣选的。为尊重作者写作习惯和遣词风格、尊重语言文字自身发展流变的规律，为读者提供一个可靠的版本，“大家小书”对于已经经典化的作品不进行现代汉语的规范化处理。

提请读者特别注意。

北京出版社